悩んでもがいて、作家になった彼女たち

イタリア人が語る日本の近現代文学

イザベラ・ディオニシオ

はじめに

人種差別に対する抗議活動が世界中に広まっているなか、マイノリティへの配慮に欠けた表現が問題視され、議論の対象になることが増加している。企業のテレビＣＭや動画が炎上することもあれば、画一的な美の基準を提示するファッションブランドが顰蹙を買うこともあり、古典的名作ですらそしりを免がれない。奴隷制度の残酷さを無視し、有色人種に向けた差別意識を永続させているとして、有名映画『風と共に去りぬ』が一旦配信停止を食らって、話題を集めたニュースもまだ記憶に新しい。

庶民をディスりまくる内容がちらほら出ている日本の古典文学まで非難を浴びている。名文とはいえ、貴族的美意識に満ちた和歌や物語を若者の頭に叩き込むのは果たして正しいのだろうか、という疑問が投じられ、古典の教え方を見直す必要があるとの意見をよく耳にするようになった。近年では、白雪姫の同意を得ずにキスしようとする王子様の立場さえ危うい。

歴史的背景や文脈に考慮を払わずに判断するのは愚かだし、フィクションと現実の区別がつかない視聴者ないし読者がいるという事実こそ恐ろしいが、行き過ぎた例があれど、こうした議論は重要な意義を持つものだと思われる。差別や偏見は自分と無縁なものだと確信していても、「男らしさ」、「女らしさ」、「〇〇人」、「普通」など、簡単に口に出してしまう言葉には根深いバイアスが隠されていることを再認識するのに役に立つからだ。

古今東西の文学をひもといてみると、ひどい扱いを受けている人種や偏見じみた書かれ方をされているグループが散見する。しかし、国、文化や時代を問わず、歴代の名作における「女たち」の描き方は特に哀れみを誘うものがある。彼女らは白馬に乗った王子様が助けに来ない限り、何もできない。そして、ほとんどの場合、苦しみながらパタパタと死んでいくのである。

アンナ・カレーニナは電車に飛び込んで自らの命を絶つ。オフィーリアは入水自殺を図る。マクベス夫人は発狂するばかりか、あれだけ重要な存在にもかかわらず、名前すら与えてもらっていない。「椿姫」と呼ばれていた、高級娼婦マルグリット・ゴーティエは世間から忘れ去られて、病気に苛まれる。頼りなくて儚い、とにかく女たる者は不幸でないといけないみたいな雰囲気が常に漂っている。しかもこんなのは、まだまだ序の口だ。

日本の近代文学のページを彩る女性たちもかなり残酷な運命を強いられている。

『金色夜叉』のお宮は蹴り飛ばされ、『舞姫』のエリスは正気を失った上に恋人に捨てられる。室生犀星の『或る少女の死まで』なんて、タイトルを見ただけで、その可憐なヒロインの酷い人生が容易に想像できる。徳冨蘆花の『不如帰《ほととぎす》』と来たら、主人公の浪子は血を吐きながら「ああつらい！　つらい！　もう――もう婦人《おんな》なんぞに――生まれはしませんよ。――あああ！」という名台詞を叫んで短い生涯を終える。彼女のその悲鳴には、同時代を生きたあまたの女たちの血と涙が凝縮されていると思うと、ぞっとする。

しかし、挙げた例はすべて男性によって書かれた作品ばかり、女性は「語られる主体」としてしか登場しない。では、女たち自身は自らの人生をどう語ってきたのか？

男性の想像力から生まれた、『不如帰』の浪子がもがきながら死んでいったのは、1899年だった。リアル世界では、それよりも前に樋口一葉の作品が出版されていた。彗星のごとく現れたその謎の天才作家は、当時の文壇に大きな衝撃を与えただけではなく、女戸主になったり、家族を養ったり……大活躍なわけである。

それは決して一般的なことではなかったものの、一葉のように、あらかじめ用意された女の生き方のレールから大きく脱線した勇敢な女性が、今も昔もたくさんいるはずだ。この本に登場する十人の作家は、それぞれの時代の常識のせせこましい領域からはみ出すほどの勇気と行動力を持ち、様々な作品を通して社会を映し出しながら、自分らしく生きた女性ばかりだ。

ある人は男を踏み台にして、自分の才能と可能性を伸ばす。ある人は、キャリアを重要視しすぎて、すべてを犠牲にする。ある人は家のしきたりをしっかりと守り、その中で自らの自由を獲得する。家庭を持つ人もいるし、一人で人生を貫く人もいる。地味な人も、派手な人も……。そう、現代を生きる私たちと同じように。

この十人はみんな悩んでもがいて、作家になった。厳しい制約の中で生き抜いた彼女たちの、強い個性と数奇な運命には、今を生きるすべての人へのメッセージがきっと隠されているはずだ。

目次

装丁　名久井直子
装画　西山寛紀

恋愛マスターたちの文学

明治の歌壇をひっくり返した女神

与謝野晶子《よさのあきこ》（1878-1942）

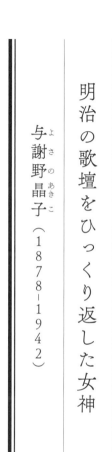

与謝野晶子は意外にもイタリアと相性がいい

2020年は世界各地の人々にとって忘れられない年になった。新型コロナウイルスの拡大によって様々な不幸が引き起こされ、度合いは違えど、誰もが不安に陥り、先行きを案じる日々が続いていたのだ。

そうしたなか、埃をかぶっている文学の名作を取り出して読む人も多かった。日本では、フランスの作家、アルベール・カミュが1947年に発表した小説『ペスト』が爆発的に売れたという。日本国内の文庫版は2020年に入ってからの二か月で十五万部余りが増刷されて、累計発行部数が百万部を突破したらしい。必要性が問われることが度々あっても、文学はやはり人間の拠り所だ、とその数字を見て改めて考えさせられる。

イタリアも然り。アレッサンドロ・マンゾーニの『いいなづけ』が引っ張り出されることがしばしばあった。イタリアの高校生の悪夢の一つであるその名作には、ペストがミラノを襲った描写が載っているからだ。それとジョヴァンニ・ボッカッチョの『デカメロン(十日物語)』。ダンテ・アリギエーリの『神曲《しんきょく》』に対して「人曲」と呼ばれ、百個もの小さな物語によって構成されているこちらの作品も、多くの命を奪ったペストのことを題材にしたものである。

しかし、イタリアのメディアで与謝野晶子の名前を見たときはさすがに驚いた。

与謝野晶子

日本文学を教えているある教授が、ご自身のＳＮＳページで与謝野晶子の「感冒の床から」という文章を訳して載せて、それがたちまち話題を集めたのをきっかけに、インターネットのニュースサイトなどにも転載されることになったそうだ。「朝日新聞」にも同じ作品が取り上げられて、晶子の先見の明が絶賛されていたけれど、まさかイタリア人の心にもその言葉が響くとは……。

今からおおよそ百年前、第一次世界大戦真っ只中の欧州から全世界に広まったスペイン風邪。「感冒の床から」はちょうどそのときに綴られた文章で、作者の実体験をベースにしたものである。

> 政府はなぜ逸早くこの危険を防止する為に、大呉服店、学校、興行物、大工場、大展覧会等、多くの人間の密集する場所の一時的休業を命じなかったのでしょうか。そのくせ警視庁の衛生係は新聞を介して成るべく此際多人数の集まる場所へ行かぬがよいと警告し、学校医もまた同様の事を子供達に注意して居るのです。社会的施設に統一と徹底との欠けて居る為に、国民はどんなに多くの避らるべき、禍を避けずに居るか知れません。

おっしゃる通りでございます……としか言いようがない。誠に理にかなった分析となっている。そう、与謝野晶子は『みだれ髪』など、当時の歌壇を震撼させたスキャンダラスな作品を発表して、情熱的な筆致で知られている歌人であると同時に、女性解放、教育、時事など、多岐にわたる問題に対して鋭い批判を展開した立派な評論家・思想家でもあった。

まったくの余談だが、晶子の歌がはじめて海外で紹介されたのは、1920年。そしてその国はまさにイタリアだった。

ナポリで刊行された「SAKURA」という名の雑誌にて、留学中の日本の教育者、下《しも》位《い》春吉とイタリア人のエルピディオ・ジェンコの共訳として二十首あまりのイタリア語訳が初披露されている。「詩を通して人間の本質を指し示す」というのは、その雑誌の信条の一つだったそうだが、そこで真っ先に晶子の短歌が取り上げられたのには頷ける。「SAKURA」の編集者たちはきっと彼女の力強い歌に心を打たれただろう。

激しく燃え上がる感情を訴える歌にしても、物事をロジカルに解説する随筆にしても、晶子とイタリアが結びついたとはなんて不思議な縁だろう。文学は最終的にどこにたどり着くのか、まったくわからないものである。

暖簾をくぐって世界に飛び出す

1878年、大阪の堺で、羊羹などを商う老舗和菓子屋さんの「駿河屋」に、一人の女の子が生まれる。その名は鳳志よう、後に「与謝野晶子」というペンネームで知られる天才歌人。

大抵の場合、新しい命をこの世に迎えるのは喜ばしいことだ。しかし晶子のケースはそうではなかった。家族は、わずか2歳で夭折した次男の生まれ変わりとなる男の子を待ち望んでいたのに、女の子が生まれてきてしまったからだ。

父親はショックのあまり一週間くらい家を空けて、母親は泣きわめき、親戚が唖然とした。しかもその状態は時間が経ってもあまり改善されなかった。幼い晶子は、二年ほど里子に出された後、実家に戻されたものの、両親と打ち解けることはなかったという。物心つくとすぐ女に生まれた辛さを突きつけられたわけである。

自伝的エッセイ「鏡心燈語」の中で、晶子は次のように子供の頃について振り返る。

私は二十歳を過ぎるまで旧い家庭の陰鬱と窮屈とを極めた空気の中にいじけながら育った。**私は**昼の間は店先と奥とを一人でかけ持って家事を見ていた。夜間のわずかな時間を偸しんで父母の目を避けながら私の読んだ書物は、いろんな空想の世界のあることを教えて私を慰めかつ励ましてくれた。**私は**次第に書物の中にある空想の世界に満足していられなくなった。**私は**もっぱら自由な個人となることを願うようになった。そして不思議な偶然の機会からほとんど命がけの勇気を出して恋愛の自由をかち得たと同時に、久しく私の個性を監禁していた旧式な家庭の檻からも脱することができた。また同時に**私は**奇蹟のように**私の言葉で私の思想**を歌うことができた。**私は**一挙して恋愛と倫理と芸術との三重の自由を得た。それはすでに十余年前の事実である。［強調は引用者による］

10代のときから帳簿付けを行い、店頭に立って働き、「今日からここがお前の部屋だよ！」てな感じで、若き晶子はシンデレラのようにこき使われていた。一応学校には通わせてもらっていたが、所詮女だし、結婚してさっさと片付くだろう、と鳳家の人々は信じて疑わなかった。

しかし晶子の運命は彼らが想像していたのとぜんぜん違うものとなる。彼女は早くも店の暖簾をくぐって、一片の迷いもなく世界に飛び出したのだ。

その根性の強さは右記した引用文からもじわじわと滲み出ている。十行あまりの長さに対して、「私は」、「私の言葉」、「私の思想」……「私」という語句は八回も文中に登場している。

明治時代では、女性は父親から夫に渡される「商品」のようなもので、気に入らなかったらすぐに突っ返すというように、その価値は取るに足らないものだと思われていた。相手が父親だろうが、夫もしくは姑だろうが、女はとにかく黙って従うべきだというのは当時の常識だった。しかし受け身な生き方が当たり前だった時代にもかかわらず、晶子は自分を解き放ち、自らの人生の主役として生きる。

田舎の小娘に過ぎなかった晶子を、日本が世界に誇る歌姫に変身させたのは、彼女の人生を覆した二つのもの。それは文学と恋……。聞けば聞くほど期待が膨らみ、キュンキュンしちゃうのではないか!!

明治・大正期のいわゆる近代文学は、古典並みに難しくてつまらないと思われがちである。樋口一葉、森鷗外、幸田露伴、二葉亭四迷など、注釈なしで食いつくには骨の折れる努力が必要だし、そもそも感覚が違いすぎる。彼らや彼女らが見ていた世界は、私たちのとまるで違っていて、感情移入は難しい。当時の写真を目にしても、地味な着物に身を包んで、固まった表情で写っている人々がずらりと並んでいるばかりで、同じ日本人からしても、違う人種に見えるほどだ。

しかし、そんなとっつきにくい近代文学は、日本がロマンスとアドベンチャーに最も燃えた時代の産物、いろいろな「はじめて」が秘められているものでもある。

明治維新が起こり、日本が西洋の思考や技術を取り入れていった、画期的な時代。江戸時代とほぼ変わらない生き方を貫いた人もいれば、常識から大きくはみ出した人生に身を投じた人もいて、いわゆるカオス的な状況。好奇心旺盛な知識人にとっては日々が刺激的で、ワクワクドキドキの連続だったろう。

女性に対する圧力はあいかわらず大きかったけれど、エネルギーがみなぎる環境だったからこそ、一握りの女たちが社会に対して高らかに異を唱えて、壁にぶつかりつつも自らの居場所を求めた。

古典文学を書き記した貴族のレディーズは筆を振りかざすことによって、自らの心の声に従い自分らしく生き抜いたが、彼女らの子孫に当たる明治の女たちもまた、その声を行動に変えたと言っても良い。そして、古典文学が人間の感情は普遍であると教えてくれているならば、近代文学は人間の力強さを訴え、あっと驚くようなパワフルな女たちの晴れ舞台となった。こうして生まれた近代文学が面白くないはずがないじゃん!!

この時代に書かれた作品の中身もさることながら、それを生み出した人たちの生き方もまたドラマチックというか、奇想天外の小説をはるかに超えるものである。男女共に、どこまでが作品でどこからが人生かわからないほど、壮烈な生き方を選んだ文学者が多かったけれど、アッコちゃん（勝手に距離が縮んだ……）もその一人である。むしろ抜きん出てすごいのだ。

胸が苦しくなるくらいキュンキュンしたい

アッコちゃんの心を最初にときめかせたのは文学だ。

家族と打ち解けないまま一生懸命働いていた少女を慰めるのは、本たちだけだった。「紫式部は私の十一二歳のときからの恩師である」と言っていたくらい、晶子はまず古典文学に魅了されて、何でも読み漁《あさ》った。その後、短歌に興味を持って、地元の雑誌に作品を投稿したり、歌会に参加したりするのをきっかけに、少しずつ活躍の場を広げていき、その類い稀な才能がたちまち注目を浴びるようになった。

次に彼女が恋に落ちたのは、女たらしの美男、与謝野鉄幹《よさのてっかん》という人物である。雑誌「明星《みょうじょう》」の創刊者として知られている与謝野鉄幹は、なかなかの腕前を持つ歌人で、天才ともてはやされていた時代の寵児だった。しかし、仕事面では申し分のない功績をあげたのに対して、プライベートにおいてはかなりの問題児だったと言わなければならない。教師として勤めていたときに生徒に手を出したり、不倫をしたり、いかにも破廉恥なロマン派文学者らしく、彼は、在原業平や光源氏も真っ青な、恋多きオトコだった。細身で、スッキリとした整った顔立ち、まあ今見てもハンサムでモテそうだ。

アッコちゃんと鉄幹が運命的な出会いを果たしたのは1900年8月。「明星」を刊行したばかりの鉄幹は雑誌の宣伝をするために大阪を訪れ、そこで歌人として名をあげていた晶子女史と会う。二人は文章を通して予め何度かやりとりを交わしたことがあったが、歌会にて初めて顔を合わせる。雲の上のような存在だった与謝野鉄幹先生を直で見たアッコちゃんはビビッときたんだろうね。彼はあふれんばかりの才気とスマートな都会的容姿を併せ持ち、女を口説くのもとても上手だった。

ちなみに、鉄幹はこの時点で、かつての生徒とバッチリ結婚していて、子供ももうけていた。

その後、彼は同じ年の11月にもう一度関西を訪れ、今回はアッコちゃんとその友人、歌人の山川登美子を誘って三人で紅葉狩りに行く。

鉄幹はもちろん感づいていたが、彼女ら二人とも彼に対して淡い恋心を抱いていたのだ。その気持ちを既に短歌に託して告白し、三人の間で行われたやりとりは「明星」にもシレっと発表されていた……。仲良し女二人が同じ男に惹かれて、しかも三人とも歌壇のホープとして注目を浴びていた若者たち。文学×嫉妬＝韓流ドラマ並みのドロドロ具合である。

危うく三角関係になりそうなところで、登美子は親が持ち込んできた縁談を受け入れて、鉄幹を手に入れるレースから早くも脱落。その翌年の１９０１年１月にアッコちゃんは紅葉狩りの舞台、思い出の京都・粟田山の宿で鉄幹と二人で二泊三日のときを過ごす。彼女の恋が世間に露わになったのは、その少し後だ。

1901年6月にアッコちゃんは実家を飛び出して、(まだ結婚していた!)鉄幹の元へと走った。

ときは女性が自らの意思を示すことすら許されることの少なかった明治時代。「恋愛結婚」という言葉はまだ耳慣れない響きを放ち、親が選んだ相手との結婚を強要されるのは日常茶飯事だったが、晶子は鉄幹を諦める気はぜんぜんなかったのだ。遠く離れた東京に向かって、妻子のある男に狙いを定めた彼女は、当時の常識を打ち破った。まさに命がけの恋だ。

その二か月後の8月に、ある意味二人の愛の結晶とも言える歌集、『みだれ髪』が出版された。晶子22歳のときである。

なんて情熱的で放胆! その行動力といい、決断力といい、近代の黎明期にそんなことができる女性がいたと考えると驚きを禁じ得ない。自分には絶対にできない、感服しちゃうわ。アッコちゃん超リスペクト。

『みだれ髪』もまた飛ぶように売れた。

自分が仕込んだ歌人が想像を絶するセンセーションを巻き起こして、鉄幹先生もご満悦。そして時代の息苦しさを感じていた青年たちや少女たちにとって、その小さな本は何よりも勇気づけられるものだった。

一方で、歌壇の評価はとても厳しく、いろいろなところから轟轟《ごうごう》たる批判の声が挙がった。封健的な儒教論理がまだ人々を支配していたし、文学の世界、ましてや歌の世界は頑固な堅物親父がその頂点に君臨していたからだ。一人の妙齢の女性がのびのびと躍動する内面を詠い上げるのを、優しく見守るわけがない。しかし「けしからん！」の声が殺到するなかで、アッコちゃんの名声が轟いた。むしろ反対の声があってこそ、彼女は自由愛の女神として若者の目に輝かしく映ったのである。

そこで、歌を詠むという習慣からどんどん疎《うと》くなっている現代人は必ず思う。たかが短歌、たった三十一音節でそんな革命的な内容は詰め込めないだろう、と。半信半疑になる気持ちはよくわかるが、違う、断じて違うぞ。アッコちゃんの並々ならぬ情熱が炸裂するには三十一音節で十分なのだ。

おごりの春

私も明治中期の風紀委員会のみなさまがこぞってバッシングした内容が気になって仕方なく、早速『みだれ髪』をパラパラめくることに。ところが、……ゲッ……ぜんぜんわかんない、というのが率直な感想である。

俵万智先生の『みだれ髪』の現代語訳のあとがきに次のように書かれている。

（『みだれ髪』が）出版された明治三十四年当時は、文壇、歌壇に衝撃を与えただけでなく、若い人たちが熱狂したらしい。だったら今の私でも、注釈なしでスラスラ読めるだろう、と思った。多少言葉は古めかしいだろうけど、いちおう私も大学の文学部（しかも日本文学科）の学生だもんね……。が、その甘い予想は大きくはずれた。正直言って、半分も意味がわからない。それまでも、いくつかの有名な歌は、教科書などで読んで知っていた。そういう何首かに出会うと、ほっとするぐらいよくわかるのだが、それ以外のものは「？」の連続だった。

ふ〜っ。良かった、自分だけじゃないんだ……一安心。

幸いなことに、俵万智先生はそんな難しそうな『みだれ髪』を理解するためのテクニックもこっそり教えてくれる。それは解釈の正確さにこだわらず、言葉の音楽を聴くこと、リズムに耳を傾けて、その力強さを体験することだという。

それを読んで、唯一の取柄である妄想力を働かせて良いとお許しをいただいたような気がして、一旦閉じかけた本のページを恐る恐る再びめくってみる……。

その子二十《はたち》櫛になかがるる黒髪のおごりの春のうつくしきかな

ついでに俵万智先生のチョコレート語訳も載せておこう。

二十歳とはロングヘアーをなびかせて畏《おそ》れを知らぬ春のヴィーナス

「その子」とあるが、アッコちゃんが自分自身のことについて書いているというのが一般的な解釈。それはつまり、自分のことを絶世の美女として描写していることになる。ナルシストというか、並はずれた自信家らしい発言だ。

今や電車がゆらゆらと走っているなかで、アイライナーを目尻の延長線でまっすぐ引いたり、ビューラーを操ったりしている怖いもの知らずの女どももいるが、この短歌が詠まれたのは大昔の1901年である。女性が人様の前でお化粧をしたり、服や髪の毛を直したりするなど、公然の場で見せてはいけない行為だった（どちらかというと今も避けたほうが良いが……）。

黒髪に櫛を入れているこの二十歳《はたち》の女性はおそらく自分の部屋にいるアッコちゃん自身。風呂上がりとか、着替えのときとか、鏡の前で髪の毛を梳かしながら、映っている自らの艶めかしい姿を眺めている絵が想像できる。

「おごりの春」……なんて煌びやかな表現！

「おごり」はひらがななので、「奢り」や「傲り」のどちらの漢字も当てはまる。人生の

「春」を楽しむ贅沢とも、誇らしげで、豪放磊落な態度という意味ともとれるわけだが、いずれにしても強気。「ほら見ろ！　私って美しくて素敵だろう」と自分に見惚れている自信たっぷりの若い女の輪郭がそこにある。若さ溢れるぴちぴち感……その気持ちは文字通り言葉からはみ出している。「そのこはたち」は六音節、字余りだ。

『みだれ髪』には既に「明星」や他の雑誌で発表されていた歌も含まれているが、1900年8月以前に書かれたものはごくわずか、十四首しか採られていない。ということは、ほとんどの歌はアフター鉄幹の時期にしたためられたものだ。

この歌も敬愛なる彼と逢って、アッコちゃんが最もパッションに燃えていた頃に綴られたものだと推測できる。行間からひしひしと伝わってくる自己陶酔すれすれの自信満々のご様子はそれと無関係ではないはずだ。大好きな彼が、この美しくて、若い私を求めている……自らの身体を眺めているアッコちゃんの視線は彼の視線と重なり合い、絡み合っている……きゃあああああ!!　おばさんが恥ずかしくなっちゃうよぉ！

（二、三人の）読者諸君はどうかわからないが、若かりし頃の私はかなり見た目にコンプレックスがあった。そのときからだいぶ時間が経ってしまったが、未だに克服できていない。鼻の形がまずいけない。唇は細すぎる。顔の形も……うーん、などなど。

見た目より中身！　ってよく言うけれど、砂時計のようなボンキュッボンのメリハリボディでは決してないちびっ子の私は、たとえ二十歳の時でも鏡に映っている自分の姿に見惚れたことは一度もございませぬ。粗探しならベテランだが……。

　こんなことを言うのはなんだが、アッコちゃんは、黒髪は確かに立派だとはいえ、お世辞にもヴィクトリアズ・シークレットのエンジェル並みの美貌だとは言えない。しかし、「二十歳」、「ながるる」、「黒髪」、「春」、それぞれ「若さ・美しさ・色っぽさ」を象徴する単語を通して、その瞬間を生きる自分自身の魅力を情熱的に詠い上げている。美人も老いていく運命からは逃げられないが、アッコちゃんのあの華麗な、燃え上がるような若さのみなぎる歌が放つ輝かしい響きは、永遠に崩れ落ちないものである。

　ボディ・ポジティブは今時のインフルエンサーが言い出したのかと思っていたら、我らがアッコちゃんは百年も前に、その発想にたどり着いていたのだ。#bopoというSNSハッシュタグでは百万を超える投稿がされているらしいが、ぜひとも「#おごりの春」も拡散していただきたい。与謝野晶子の歌ともっと早く出会っていたら、セルライト万歳！ちびっ子素敵！　というふうに、私ももう少し幸せな人生の春を過ごせたことだろう。

和歌の世界に革命の風を起こせ！

楽しくなってきたので、もう一首、挑戦しよう。

やは肌のあつき血潮にふれも見でさびしからずや道を説く君

これもまた……「道なんか聞いてどうするのよ？　若い女性の柔肌の下に流れている熱い血潮に触れたくないわけ⁉」というような意味合いになっていて、一言でいうと強烈。注釈によると、「君」は他ならぬ鉄幹先生を指しているようだが、不特定の「君」、あるいは「世界中のみんな！」としても読めなくもない。いずれにせよアッコちゃんは「この私を見て！」的なスタンスを一貫して崩さないのだ。流るる黒髪ならまだ良いが、「やは肌」、「血潮」、違う歌では「房」まで出てきたりして、そのような挑戦的な表現を見るやいなや、歌壇の堅物のみなさまが驚嘆の声を放った光景が眼に浮かぶ。

アッコちゃんの歌には身体の温もりがしっかり残されている。そしてその型破りの表現力を活かして、彼女は官能的で魅惑的な女を読者の目の前に全面的に押し出すことに成功した。女性は淑やかで控えめでなきゃいけないという理想像を思い描いていた明治人にとって、やはりそれはちょっとトゥー・マッチだったのかもしれない。

短歌は元々貴族の嗜み、古代から現代に至るまで日本において伝わってきた伝統的な古い文学ジャンルの一つである。明治時代に入ってからは階級関連の縛りがやや緩くなり、庶民も短歌の技術を習ったり、作品を発表したりするようになったが、いずれにしてもインテリの遊びだということに変わりはなかった。少し自由になったとはいえ、厳しいエチケットを守らなければならなかったのだ。

そこに、アッコちゃんが堂々とやってきたわけである。

独特の言い回し、曖昧な構造、思い切った省略、率直でストレートな表現……マンネリに陥りつつあった短歌の世界にアッコちゃんが新たな命を吹き込んだと言っても過言ではない。しかも、『みだれ髪』はその短歌レボリューションの始まりに過ぎなかった。一生涯を通して五万首以上を残した歌姫の与謝野晶子は、文学シーンをずっとリードし続けていた。

日本文学に与えた影響はもちろん計り知れないが、もし彼女の母国語が英語とかフランス語とかだったら、シルヴィア・プラスやエミリー・ディキンソンなどに見劣りしないぐらいの国際的な詩人として歴史に名を刻むことになっただろう。

与謝野晶子

永久の恋

『みだれ髪』が発表された数か月後にアッコちゃんと鉄幹はめでたくゴールイン、略奪婚が成功。しかし恋愛が成就したのは良いが、その後の人生はバラ色だったかというとそうでもない。

まず与謝野鉄幹の女癖の悪さは結婚してもなお健在であった。

彼はアッコちゃんと正式に結ばれた後も女遊びをやめる素振りを微塵もみせず、浮気を繰り返した。しかも、最初は少なくとも文学界においてそれなりの権力と影響力のある人だったが、やがて与謝野夫妻の名声は反比例の関係になっていった。

『みだれ髪』が巻き起こした驚きとセンセーションが少し落ち着いたところで、アッコちゃんは着実に自らのポジションを固めて、周囲に羨望の眼差しで見られるような存在になる。

その一方で、鉄幹の株はガタ落ち、もはや「晶子の旦那」と呼ばれるほどに落ちぶれた。「鉄幹」というお気に入りの号に悪評が付きまとい、本名の「寛」に切り替えたが、言うまでもなくそれだけでは状況は改善されなかった。ぜんぜん稼げないのに、彼は水商売の女と遊んだり、ギャンブルをしたり、まるで絵にかいたようなダメンズぶりを見せつつ、悪化の一途を辿っていった。

さらに家族が貧困に喘いでも知らんぷりして、憧れのフランスにインスピレーションを求めに行きたいと突然言い出して、駄々をこね始めた。そのせいで、妻が資金の工面に奔走する羽目になり、森鷗外先生までが手伝ったらしい。妻のアッコちゃんもヒモ旦那の後を追って1912年に渡仏し、最終的に有意義な旅行になったものの、わがまま過ぎるとしか言いようがない。

計画性と信頼性に欠けている夫のそばにいながら、アッコちゃんは子供をどんどん産み落として、家庭を支えて、仕事の依頼は何でも引き受けた。歌集はもちろん、記事、エッセイ、子供向けの童話……十二人の子宝を育てつつ、よくぞ筆を走らせる時間を捻出できたものだ。そのバイタリティーに脱帽。アッコちゃんの日々の生活を想像するだけでぐったりしちゃう。

彼女は歌壇をひっくり返して、大家族を養ううえに、女性解放運動にも積極的に参加し、(二人の間に議論や衝突もあったが)平塚らいてう先生と同じぐらい貢献したとまで言われている。

教鞭を執ることもしばしばあり、古典の現代語訳にも勤しんだ。『晶子源氏』は与謝野一家の食い扶持をつないだ超大作であるとともに、谷崎潤一郎と円地文子の現代語訳と肩を並べる素晴らしき出来栄えを誇り、今でも愛読され続けている。

女性の生き方や女性解放にまつわる文章がたくさん残っているが、その中で1921年に書かれた『『女らしさ』とは何か」というものがある。それは昨日の新聞に載ったものだと言われても驚かないような、極めて現代的な内容だ。

「女らしさ」というものは、要するに私のいわゆる「人間性」に吸収し還元されてしまうものです。女子に特有して、女子を男子から分化し、女子のみの生活というものを基礎づける第一原理となり、最高の価値標準となるものでないことが明白になりました。「女らしさ」という言葉から解放されることは、女子が機械性から人間性に目覚めることです。人形から人間に帰ることです。もしこれを論者が「女子の中性化」と呼ぶなら、私たちはむしろそれを名誉として甘受しても好いと思います。

スペイン風邪を題材にした「感冒の床から」と同じように、鋭くて明晰な論じ方である。この文章が書かれてから百年ほどが経ってしまった今でも、「女らしさとは何か」という問題は未だに議論の対象になっていると知ったら、アッコちゃんはきっと悔しい気持ちを抱くことだろう。

もう、晶子はかっこよすぎる！　何でもやってのけちゃう天才、ワンダーウーマンの原型。彼女について知れば知るほど、そのパワーと魅力に圧倒される。そこでやはり、なぜどうしようもないダメ人間だった与謝野鉄幹と最後まで添ったのか、とどうしても思ってしまう自分がいる。

究極にわがまま、他人に世話されるのを当然だと思っている未熟な男なのに、彼女はずっと献身的に彼を支え続けていた。時流に遅れて、評価が下がりっぱなしの彼をずっと尊敬して、その才能を信じ続けた晶子。愛は盲目、恋に落ちると理性が吹っ飛んでしまうとよく言うが、その状態を一生涯キープするのは誰にでもできることではない。


取り出でて死なぬ文字をば読む朝はなほ永久の恋とおぼゆる

夫はもう帰らぬ人となった、ある朝のこと。

残された妻は亡き夫の書き残した文字を取り出して読み返してみる。おそらく彼の歌だ。その瞬間に晶子は「永久の恋」を信じられる、という。

二人は歌を通して出会って、歌を通して愛し合った。愛を詠んだのではなく、歌は愛そのものだったのかもしれない。

初恋の人を死ぬまで、否、正確に言うと死んでも想い続けるのはどんな感じだろうか。できるものなら元カレたちのことを記憶から抹消したいと切に願っている私には、まったく想像がつかない。ほとんどの人もきっと同じだ。

恋愛のことなんぞ一切理解できていないので、わかったようなことを言うつもりはさらさらないが、おそらく晶子が一生涯を通して恋していたのは、与謝野鉄幹・寛という男性というより、初恋の想い出そのものだったのではないかと思う。彼の目に映った若かりし頃の自らの美しき姿、風になびく髪、白い肌の下に脈打つ生命、激しく高ぶる感情……。

Amor, ch'a nullo amato amar perdona（アモーレ（愛）は、愛された者が愛し返さなければ許しません）。これはダンテ・アリギエーリが綴った『神曲』の中でも最も有名な一節、死んだ後も愛しのパオロから離れられないでいるフランチェスカ・ダ・リミニのセリフだ。本人たちが地獄に突き落とされてしまう悲しい顛末を除けば、それはすべての大恋愛に当てはまる言葉だとも言える。

晶子と鉄幹もまた、熱いパッションの暴風に吹き流されながら、日本文学界に颯爽と現れ、去っていった。二人の魂が絡み合って離れないでいる様子を想像すると、その気持ちの百分の一でもいいから、私ももう一度恋したくなる。ほんのちょっとだけね……。

仕事、ファッション、恋愛　死角なしの色女

宇野千代《うのちよ》（1897−1996）

恋には無駄なんてない

失われた時間たち――マルセル・プルーストの長編小説の題名と勘違いしないようにご注意ください。これは元カレ（たち）について話すときによく使う、自作の言葉である。

特別に恋愛体質ではなくても、それなりに長く生きていれば多かれ少なかれ誰だって恋に落ちる。そして恋に破れる。

相手に夢中になっていると、知らず知らずのうちに何でも許せちゃうが、ロマンスが終焉を迎えた途端、ふと我に返る瞬間がある。破局に至るまでの出来事、その記憶が走馬灯のように頭を駆け巡り、「なぜ⁉ なぜ……あの人と⁉」と自問自答せずにはいられない。興ざめの極みというやつだ。

そうなった場合、時間を無駄にしたことが一番悔やまれるポイントだ。「失われた時間たち」をもっと有効に活用していれば、資格の一つや二つ取得できたのではないかとさえ思う。もう一回大学に入り直すとか、ヨガインストラクターになるとか、料理を覚えるとか……嗚呼、いろいろできただろうな……悔しい……。

私と同じようにつまらぬ恋愛しか経験してこなかった人は、激しく同意してくれると思う。しかし、恋愛マスターこと、九十八年の青春を生きた宇野千代巨匠なら、「恋には無駄なんてない！」とその不毛な悩みを一蹴したに違いない。彼女は後ろ向きの発言を

宇野千代

決して口にしない人だったからだ。
雰囲気美人、ファッショントレンドを先取りするオシャレさん、恋多き女として名を馳せた宇野千代先生。その華麗なる作家活動は、彼女の人生を横切ったダメ男がいなければ実現しなかったと断言できる。ピンチをチャンスに変えるというか、はずれくじの男性を引いたなと思ったら、それを題材にベストセラーを書いてのけちゃう凄腕文筆家。しかも、グラマラスに。

お化粧して、自分の一番好きなきものを着て街へ出る。すると、ついそこの、最初の街角で、新しい恋人に出会うという訳です。ほんとうですよ。からっとした、まるで新しい気持ちになりさえすれば、街へ出ても、ついそこの、最初の街角で、新しい恋人をめっけてしまうんです。

……と宇野千代は言う。本当かよ⁉ と異議を申し立てたいところだが、その有無を言わせぬポジティブシンキングに圧倒されてしまう。二十世紀前半の東京は、今と違って素敵な殿方がそんなにうようよしていたのだろうか？ うーん、素敵な殿方率はそこまで激変していないはずだ。それよりむしろ、千代さんの恋への嗅覚が格別に優れていたと思われる。まさに精密なロマンス発見器。

作品を理解するのに、作家の私生活を知ることが重要なのか。それとも、作家と作品の評価を区別すべきなのか。文学好きにとって、これははっきりとした答えの出ない問題である。

生活がいかがわしい作家だって、ときには素晴らしい作品を書く。とても同意できない過激な政治思想を持つ人も、明らかに人格に問題のある人も、数多くの傑作を生み出している。浮気性、アルコール中毒、病的な自己中、借金まみれ……。もしも社会不適合者の作品を排除しなければならないとしたら、面白い小説がほとんどなくなる。太宰治なんて、自ら「人間失格」と名乗っているくらいだし。

作家の私生活を理由に作品を貶すのも、作中に書かれていることを全て作家の私生活という色眼鏡で見るのも、ぜったいにやってはいけないことだ。

かといって、いかなる場合においても作家と作品を別々に考えなきゃいけないかというと、それもまた違う。文壇に激震を走らせたゴシップを知らないと、私小説などは面白さ半減になってしまうもの。

つまりどちらに転んでもダメなわけである。

明らかな問題児に限らず、作家と作品を区別するロジックは、書き手の表現の自由さを守ってくれるときもあれば、解釈の幅を狭くしてしまうときもある。読み方マニュアルみたいなものが存在しない限り、結果的にどのアプローチをとるかは、読み手に委ねられている。そして現実とフィクションを行きつ戻りつする行為は、文学の醍醐味だとも言える。宇野千代の作品を手に取った瞬間、真っ先にそのジレンマにぶち当たる。彼女の波乱曲折人生を透かして見るか、それとも完全なるフィクションとして受け止めるか……。非常に悩ましいところだが、今回は明治・大正・昭和・平成を、自由にたくましく生き抜いた宇野千代の女性としての魅力にフォーカスすべく、その恋多き人生に思いを馳せてみたい。

千代先生が身をゆだねた危険な情事を全部網羅するのは不可能だが、一名作につき一大恋愛を厳選してお届けする。

まずは胸襟を開いた、率直な自伝。それもまた小説より何倍もスリリングな作品なので、乞うご期待。

名作その一、メーキング・オブ・千代

作者の激しい恋愛遍歴の第一幕を描いたのは、『生きて行く私』。

それは84歳になった宇野千代が綴った自伝的小説。1982年2月から10月まで「毎日新聞」にて連載され、翌年に単行本として刊行されたものだ。様々な修羅場を楽観的にくぐり抜ける本人の姿がイキイキと描かれているためか、『生きて行く私』はベストセラー

になって、なんと二回もテレビドラマ化されている。

（数回の）結婚生活のことや幼少時代の思い出など、千代先生の知られざる素顔が赤裸々に語られているなか、初恋の実録は特に目を引く。

初恋というと、初々しくて儚い関係と連想しがちだが、作者の身に降りかかった出来事は荒々しくて残酷、とにかく想像を絶するものだ。

宇野千代は1897年に山口県岩国市に生まれ、まだ2歳にならないうちに母親が結核で亡くなる。その直後、千代の暮らしには継母が加わった。二人が12歳しか離れていなかったことも相まって、すぐに親しくなり、その若い継母は千代の人生に大きな影響を及ぼす人物となる。

父親は定職を持たない人だった。生活費は父親の実家から手渡されていたが、それもほとんど博打《ばくち》に消えて、生活は常に苦しかったという。

千代の初めての結婚は14歳のとき。父親が決めた縁談、お相手は継母の姉の息子である藤村亮一という人だった。ところが、十日ほどで肝心の嫁さんである千代は実家に戻ってしまい、結婚生活は早くも破綻。

千代が16歳になると父親が病気で亡くなり、実家からの仕送りもプツンと途切れてしまう。最初から幸せな人生とは言い難いが、ここでさらにどん底へまっしぐらに突き落とされる。

仕方なく、継母が早朝から工場に働きに出かけ、増えていた家族をどうにかして養う。継母は血が繋がっていないにもかかわらず、一年残っていた千代の女学校の費用も工面してくれたそうだ。責任を感じていた千代は勉強に励み、女学校を卒業してすぐに小学校の代用教員となった。その勤務先で若き千代は人生初の恋の嵐に乱される……。

私があの、北村の離れで莚の上に転がって男と寝たその日から、まだ半年とは経っていない頃のことであったか。新任の教員が、川下の小学校に赴任して来た。色が白く、鬚の剃り痕の、塗ったように青い優《や》さ男であった。〔……〕始めて教員室で、校長から紹介されたとき、その最初の一瞥で、私はこの佐伯正夫に心を奪われた。思いもかけないことであったが、佐伯は私と同じ尋常二年生の、優等生組の受け持ちであった。

こちらは「毎日新聞」の日曜版として発行されていた二部紙「日曜くらぶ」に連載された文章であることをお忘れなく。

働く人の多くがゆっくりできる日曜日。家族と食卓を囲んで、コーヒーをすすりながら、新聞をじっくり読みたくて紙面を広げて……これが目に飛び込むわけである。普通の人は驚愕するだろうね。

「莚の上に転がって男と寝た」という書き出しは、前編の話と繋がっており、要するに千代の家に上がり込んで乱暴に迫ってきた男のことを指している。まったくもってびっくりする内容の連続だ。

回想されている出来事から六十年以上の月日が経ち、多少脚色されているにしても、作者の毅然とした態度はすごい。彼女は過去を振り返って、それを淡々と丁寧に綴っている。怒りや憤りはあまり感じないが、ドライとまでは言えない。とんでもないことでもサラッと書かれているので、こちらもサラッと読めちゃうという不思議な感覚。

ホラーと化した初恋の話

さて、新任教員に目をつけた千代は空想にふけるだけにとどまらず、進んで彼の家を訪ねる。その日、二人は一夜を共にするけれど、彼女はうれしはずかし朝帰りの姿を村の人に見られてしまうのだ。

瞬く間に噂が広がり、千代は免職になって、彼は別の場所に転勤させられるという厳しい処分が下された。

不思議なことであるが、その頃になっても、二人は、これからどうするのか、話し合ったことはなかった。「結婚しよう」などとは、一度も話し合ったことはなかった。佐伯は口数が少ないために、そのことを切り出さないのであった。私もまた、佐伯を好きであればあるほど、それを言わないのであった。

千代はまだ10代、二十世紀が始まったばかりのときである。しかも、ド田舎。だいぶやばい状態に立たされているにもかかわらず、彼女は微動だにしない。男に責任を取ってもらうこともできただろうに、迷惑をかけないように必死だ。彼に尽くしたいのか、それとも社会の範疇にはまらないスーパー自由人なのか、なんとも言えない。

生活が厳しくなった千代は、海を渡って韓国へ逃げ込む。とはいえ、彼のことが忘れられない。

二人はしばらく文通するも、「手紙は出さないで下さい。もう一度、同じことが起きると、私は破滅します」と突然彼に言い渡される。

こっちは既に破滅しているけど、どうしてくれるの⁉　という感じだが、千代はその手紙をもらってすぐに日本に飛んできた。飛んでくるといっても、ぷいっと帰れるわけではないので、船と電車を乗り継いで、長〜い旅に出る。

最初から何を考えているかわからない男のために、どうしてそんなことができるのか……？　この時点で、「失われた時間たち」は計り知れず、我々凡人が絶対に真似できないレベルである。明らかなはずれくじによって、千代は早くも人生を棒に振るところだったのだ。

地元に戻って、彼の転勤先を探し当てて、二人は六か月ぶりの再会を果たす。そこで男がとった行動とは……。

「小使いにお会いんされたら、もう不可《いけ》ん。明日は村中に、ああたの話が拡がる。ああたは自分のしたことが何か、分からんのか」と言ったと思うと、錯乱したようになって庭へ飛び下り、力いっぱい、私の体を突き飛ばした。「さあ、早うお往にんされ」と言って、もう一度、私を突き飛ばした弾みに、あの、帯の間に挟んであった包丁が紙包みから抜け出して、叢《くさむら》に落ちた。おぼろな月影であったが、叢の中に、それが光るのが見えた。

ひぇっ……これは恐ろしい……というか、意外すぎて新聞を読んでいた日本のお父さんたちが、コーヒーを吹き出したことだろう。

包丁は継母へのお土産の品だった。たまたまぽろっと出て来たが、無意識のうちに目に付きやすい帯のところに挟んであったのかもしれない、と作者本人が想像を巡らせる。

緊張を孕んだ空気が流れるなか、かすかな月の光に照らされて、刃物がキラリと輝く……どこまで真実かわからないけれど、やはりそのような細部には作者の筆才が如実に表れる。

引用文の最後の行は短い割に、読点が二つも打たれている。リズムが途切れ途切れになって、一つひとつの言葉の重みが出て、月影、叢、刃物の光というふうに語りが効果的にズームイン。背筋がゾクゾクっとする。

私はいつまでも庭の冷たい土の上に坐っていた。人には信じられないことかも知れないが、私は泣かなかった。そして、この私の眼の前にぴしゃりと固くしまった雨戸を、もう一度、叩こうとはしなかった。

これで「もう一度雨戸を」の章がピタリと終わる。

そもそも相手選びを間違えていたし、千代自身の行動が軽率だったと言えるものの、恋に目覚めた少女が心を踏みにじられて、残酷に扱われたことに変わりはない。

しかし、恨みが一切なく、研ぎ澄まされた文章は読んでいて気持ちいい。『生きて行く私』には似たようなショッキングなエピソードがいくつか収められているが、最終的にはパワーと元気がもらえるのだ。

もう二度と開かない雨戸の前に尻餅をついている千代が、次に何をしたか、言われなくてもわかる。

彼女は着物についてしまったであろう泥を手で丁寧に落として、散乱していた荷物をかき集めて、しっかり立ち上がった。くるりと身体を翻し、閉ざされた雨戸に背中を向けて、振り返ることなくてくてくと歩き出したのだ。

名作その二、恋愛小説の「古典」

失恋からケロリと立ち直った千代は結婚を前提に大学生の従兄《いとこ》と東京で過ごすことになる。ちなみに、この従兄は夫その一の弟だった。

彼女は生活費を稼ぐために中央公論社の前にあるレストランで働き、そこで何人かの文学者を垣間見ている。それは少し後に開花する作家人生の予兆だったのかもしれない。

従兄が大学を卒業するなり、二人は入籍し、北海道に移り住む。千代は針仕事で家計を支えながら、一心不乱に働く。

しかし、処女作『脂粉の顔』が「時事新報」の懸賞であった短編小説部門に一等で入選したことで、千代の人生が一変する。

たった数枚の短編で大金が入ると、彼女は仕立ての仕事をやめて小説に専念し、今度は原稿用紙百枚以上にも上る大作を中央公論社に送りつける。そして返事がこなくてしびれを切らした千代は、上京して、出版社に直行する。大手出版社はいちいち送られた原稿に返事などしないだろうから、連絡がなければボツになったと思うのが普通だが、彼女はうじうじしながら待つような性格ではなかったらしい。

数日して戻るはずの北海道に千代は帰らなかった。

その送りつけた原稿、つまり『墓を発《あば》く』という小説が既に「中央公論」に掲載されていて、出版社を訪れた際に眼の前で大金が積まれたそうだ。想像以上の報酬を受け取った千代は、作家としてやっていける自信がつき、それまでの地味な生活を躊躇せず捨てる。離婚はこれで二回目。

三回目の結婚相手となる尾崎士郎との運命的な出会いはこの頃である。

中央公論社で打ち合せをしているときに紹介されて、ビビっと来た。千代は東京で暮らすことを決意し、その直後に二人は同棲をスタート。とにかく決断が早い。

作家として脂が乗ってきた千代は川端康成や梶井基次郎など、当時のイケイケ作家と交流し、やがて梶井基次郎との仲が噂の的になる。それが尾崎の耳にも届いたせいか、彼はさっさと若い愛人を作って、アツアツのラブストーリーがあっさりと破局を迎える。

熱烈な恋の末に訪れた心離れ、その苦しみを癒すために、千代はがむしゃらに働くが、彼女に春が舞い込むにはそう時間はかからなかった。情死未遂事件が新聞で報じられたフランス帰りの画家、東郷青児と出会い、またしても運命の針が動く……。

事件に興味を持った千代は東郷青児に会いにいき、二人はすぐに同棲を始めた。驚くべき行動力はやはり期待を裏切らない。

その結果、東郷＋妻＋千代＋元愛人といった奇妙な四角（!?）関係が（ほぼ）そっくりそのまま『色ざんげ』という煌びやかな中編小説に綴られている。こんな前提で書かれた小説だけあって、恐ろしく面白い。

『色ざんげ』は十年ほど海外で暮らした画家、湯浅譲二を主人公とした物語である。彼はようやく妻子がいる日本へと帰ってくるが、ずっと離れて暮らしていたせいか、妻との関係は冷え切り、彼は次から次へと愛人を作っていくのだ。最終的な愛人ヘッドカウントはなんと三人にまで上る。

彼を電車で見かけて、積極的にせめてきた小牧高尾。小牧高尾の友達で、清楚な雰囲気を漂わせる、令嬢の西条つゆ子。最後に、友達から自分のファンとして紹介され、プロポーズした覚えもないのに、流れで結婚しちゃう井上とも子。大胆で奔放な高尾、上品なつゆ子、無邪気なとも子、それに最初は地味だが、話が進むにつれて迫力を増していく妻まつ代、それぞれの女性像が楽しめるというのは、本作の魅力の一つである。

小説は次のように始まる。

宇野千代

どこから話したら好いかな、と暫《しばら》く考えてから彼はゆっくりと語りはじめた。外国から帰って間もなく蒲田《かまた》に二階二間階下《した》三間くらいの小さな家を借りて、僕は二階、女房と子供は階下とまるで別々の生活を始めた。もうその頃は別れ話もだいぶん進行していてただ具体的な問題の片附くのを待っているというだけだった。何しろ僕は十年振りに見る日本の女がきれいできれいで眼がさめると家を飛びだし街をほっき歩いたり夜はおそくまでダンスホールやカフェーを漁《あさ》り歩いたりして帰って来るという風で幾日も女房の顔を見ないことの方が多かった。

文庫本の裏表紙のあらすじは「恋愛小説の古典ともいうべき名作」という文句で締めくくられる。確かに、言われてみればその通りだ。

平安の昔から現代まで、優柔不断なモテ男に振り回される女たちというのは、恋愛もののお約束だろう。その王道をゆく『色ざんげ』には、日本恋愛文学の大定番、在原業平や光源氏のような人物が登場する平安文学の世界を彷彿させる何かがある。しかし、古典文学との類似性は主人公の派手な恋愛遍歴だけではない。それよりむしろ、湯浅の恋愛に対するスタンスそのものなのではないかと思う。

モダンな色男の悩み

『源氏物語』や『伊勢物語』など、歴代のモテ男が華々しく活躍する古典作品を読むと、「この人たち、ホントに暇を持て余しているんだなぁ」と現代人は真っ先に思うはずである。彼らは貴族だったので、生活費を稼ぐという概念と無縁な日々を送り、色恋に明け暮れることが仕事のようなものだった。

そうは言っても、『色ざんげ』の連載は1933年に開始されている。働かざる者食うべからずという時代がとっくに到来していた。湯浅はそれなりに名の通った画家だが、小説の出だしから結末の最後の行まで、彼が仕事をしている場面は一度も描かれていない。どうやって生活しているのか？　と心配になるほどだ。芸術活動に対する言及は、銀座辺りに絵の具を買いにいくエピソードくらいにとどまっており、彼はまさに光源氏のような生活ぶりを見せている。

気になるポイントは、そうした湯浅の貴族並みの余裕だけではない。

主人公が暮らしていた海外は具体的にどこなのか書かれていないけれど、モデルとなっている東郷青児はフランスに八年ほど留学していたので、湯浅も同じフランス帰りだと仮定してみよう。

周知の通り、当時の日本では海外旅行や留学は一握りの人にしか許されていなかった。

行けるだけで、胸が躍る。特に、当時のおフランスときたら、芸術家にとって天国のような環境だった。

東郷青児は1921年から1928年までフランスで暮らしていたそうだが、それはいわゆる「レザネフォール（狂気の年代）」の頃である。ピカソ、ダリ、ジャコメッティ、ブルトン、サルトルなど、文化人の錚々たるメンバーがモンパルナスやモンマルトルのカフェやビストロで朝まで飲んだくれたりしていた時代である。そんな活気に溢れるパリで過ごした日々は若き画家にとって刺激に満ちたものだったろう。

東郷本人は違うかもしれないが、少なくとも湯浅は自分がしてきた素晴らしき経験に対してそこまで感動していないようだ。海外の日々に思いを馳せることもほとんどないし、日本に帰ってくるなり、「あー、僕好みの女がなんて多いんだ！」というふしだらな考えしか頭にない。

芸術について考えたり、絵画の構造を思い浮かべたり、描きたい対象について空想したり……そんなのはどうだっていい。湯浅は高尾、つゆ子、とも子、三人のうちどの娘にするか、そのことについてひたすら悩むばかりである。

その意味でいうと、「なんて素敵な琴の音色！　絶対にきれいな姫君がいる」と思い込み、夜な夜ないろいろな屋敷に忍び込んでいく光源氏のメンタリティとそっくりではないか！

読書の楽しみをスポイルしないように、細かいあらすじは割愛するが、「古典的色男」

の素質を持ちつつも、湯浅の心理は極めて現代的。そして、その絶妙な心の機微を的確に捉えられる千代先生の緻密さに思わず唸らされる。

僕は日本に帰っていたが外国にいたときよりもなお見知らぬ国に来ているような気がした。何を僕は摑《つか》んでいるというのであろう。この孤独な思いは僕にはいつもついていた。家にいても僕はものを言わなくなった。坐っているとそのまま地面の中に体がめり込んで行くような気がする。このまま僕が消えて了《しま》うということがあるだろうか。僕は母親の乳房をさぐる幼児のようにつゆ子の恋を求めたのであったが、それはどこまで行っても酬《むく》いられるところのないものであった。僕は風の吹いている街の中を歩いている気持であった。夕方になって灯《あか》りのついているのはみな人の住んでいる家である。

息つく暇もなく愛人を作っていく光源氏も真っ青な色男湯浅。彼が自信家でキザな男であることは否定できないが、作品から受ける印象は正真正銘の色男物語とは少し異なる。湯浅は恋に積極的であると同時に、ほとんどの場合自らの意思で行動していない。高尾のしつこいナンパに応じて関係を持ち、求められるがままつゆ子と結ばれ、流されるようにとも子と結婚してしまう。女に振り回されて、どことなく情けない男なのだ。

物語自体は語り手兼主人公である湯浅に寄り添っているようだが、最も鮮やかに描かれているのは女たちの様々な恋愛模様と不可解な行動。作者宇野千代の興味はやはり男の心よりも女性たちの姿にあったのかもしれない。

湯浅とつゆ子は最後に情死を図ろうとする。結果的にどうなるか、ぜひ小説にて確かめていただきたいが、リアル湯浅である東郷青児の場合は、二人とも助かった。そして新聞沙汰になったそのニュースは、彼と千代が知り合うきっかけとなるわけだ。

しかし1933年に、つまり『色ざんげ』が発表された年に、彼は千代と別れ、妻とも離婚し、情死未遂事件の相手だった女性とよりを戻す。

小説の結末と真実の隙間にはやや文学的ヴェンデッタ臭がほんのり漂っていると言えなくもない。フィクションとして受け止めるか、真実とすり合わせて深読みするか、読者の一人ひとりにその選択が任せられている。

『色ざんげ』が発表されるなり、東郷は小説に書かれている内容すべてが、自ら千代に語ったものだと主張している（ややご立腹な感じで……）。それはおそらく本当である。

その証拠に冒頭の最初の二文に注目したい。

どこから話したら好いかな、と暫《しばら》く考えてから彼はゆっくりと語りはじめた。外国から帰って間もなく蒲田《かまた》に二階二間階下《した》三間くらいの小さな家を借りて、僕は二階、女房と子供は階下とまるで別々の生活を始めた。

一文目は三人称で書かれており、湯浅が話し始める瞬間が捉えられる。しかし次の文から語りが三人称から一人称に変わって、それ以降主人公が自らの色ざんげを淡々と綴る。そのシフトは自然でありつつも唐突でもある。改行もなく、直接話法を示す鉤括弧も使用されていない。

最初の一文は話の聞き手によるものだが、改行が入る余裕もないほど、湯浅とその聞き手の距離は非常に近く感じられる。そう、たとえば、男女が共寝しながら話す枕物語のように……。

心なしか、抱き合っている二人の身体の温もりがほのかに言葉の端々からにじみ出ている。さすが、千代さん。男目線で書いているのに、フェロモンむんむんの世界をすかさず感じさせてくれるのだ。

名作その三、小説のような華やかな人生

東郷との関係が三年ほど続いたのち、彼がかつての愛人と復縁したことで破局。千代は

再びブロークンハートになって、無我夢中で働く。

とはいえ、今回もシングルレディ生活はそう長くはなかった。新聞記者の北原武夫のインタビューを受けて、千代さんはまたもや一目惚れする。

北原は歴代の男たちに負けず劣らずの二枚目……。しかし、以前の結婚・同棲はどれも数年で解消されているのに対して、北原との四度目の結婚生活はかなり長く、二人は二十五年もの月日をともにすることになる。

北原と暮らした二十五年もの間、千代は作家業以外に、彼と知り合う直前に始めていた女性雑誌の編集にも力を入れる。やがて、編集長を務めていた雑誌「スタイル」上に、自ら手がけた着物や小物のデザインを発表などし、完全なるセルフ・プロデュースに身を乗り出す。

作った会社が倒産したり、借金を抱えたり、うっかり脱税してしまったり、あいかわらずのジェットコースター状態ではあったが、活躍の領域がどんどん拡大していったのも確かである。実際、雑誌「スタイル」が日本の当時のファッションや文化に与えた影響は極めて大きい。

ところが、やっと借金を返済し終わったかと思ったら、北原から別れてほしいと告げられる。以前から北原の女遊びが盛んであり、なかには子供まで出来て、金銭を要求される場合もあったという。別れて正解だったとも言える半面、68歳での失恋はとてつもなく辛かっただろう。

千代が52歳のとき「宇野千代きもの研究所」を設立し、「スタイル」の増刊として『きもの読本』を刊行した。それは一年に二回発売されるものであり、本人はもちろん、有吉佐和子、吉屋信子、円地文子など、一流の書き手が勢ぞろいだったので、読み物としての完成度がとても高かった。

『宇野千代きもの手帖』というアンソロジーには、その『きもの読本』に掲載されていたエッセイの一部が収録されており、とても楽しい一冊となっている。

とりあえず黒を着ていれば大丈夫と信じ切っている私は、ファッションに対してそれほどの興味はないし、女性誌を手に取ることは滅多にない。しかし、『宇野千代きもの手帖』に出会ったとき、それが思いの外面白くて、気がつくと隅から隅まであっという間に読み尽くしてしまったのだ。

話題も豊富で、ウィットに富んだエピソードもたくさんちりばめられており、ページがスイスイと進む。そして、海外のファッションショーにまで出かけるようになった千代さんの活躍ぶりが綴られるなか、次のような文章がある。


きものというものは、万金を投じたものだけが美しいのではありません。安い値段のもののなかにも、美しいものが沢山あります。「美しい」という標準を、私は、

> 色の美しさ、柄と形の配分の見事さに置きます。全体が多色にわたらないこと、色調がおさえられていること、それでも尚、華やかさのあるものが美しいのです。デコデコのきものは、どんなに顔の美しい人に着せても、その顔の柔らかな女らしさをぶちこわしてしまうのです。

着物を着ている人を見ると、「素敵！　私もいつか着てみたい」という思いが頭をよぎるも次の瞬間には「でも……」と大概の人が考えてしまう。着付けがわからない、選び方がわからない、高額で買えない、とにかくハードルが高い。

しかし、宇野千代のエッセイには洋服と和風の小物の組み合わせとか、気持ちいい色の選び方とか、そのようなアドバイスがたくさん書かれている。自分でも出来ちゃうかも⁉なんて、そんな気持ちにさせられるのだ。

軽い読み物でありつつも、『宇野千代きもの手帖』のエッセイにはただ単に「きもの」の話ではなく、生活全般に関する人生の先輩からのアドバイスがぎっしりと詰まっている。好きなものだったらとことんやりなさい、時間をかけて丁寧に納得のいくまでやりなさい、と。

千代の場合、趣味はたまたま着物のデザインだったけれど、彼女のそういうスタンスはそっくりそのままどの分野にも適用できるものだ。たとえ文学であっても。

彼女が銀座みゆき通りに「きものの店」を開店したとき、平林たい子などといった当時の女流作家はそのような活動をあまり芳しく思わなかったようだ。デザインより物書きに専念したほうがいいというのが概ね批判の内容だったけれど、それに対して千代は次のように答えている。

その少ない収入を補うためにきもののデザインをしている、と思われたのかもしれませんが、一体に私は気ままで、何をするのでも、自分の好きだと思ったことだけをしてきました。きもののデザインも、心《しん》から好きだから続けてきたことで、小説を書くのは尊いが、きもののデザインをするのは卑《いや》しい——などとは考えたこともありません。

どちらも独立した、同じ尊い仕事だと思い、ただ偶然に、きもののデザインが好きだから、思わず、してきただけのことなのです。

好きなことに正直に向き合える、芯の強さが伝わる素敵な言葉。

文学は上等、デザインは瑣末などといった、スノッブな態度とは無縁で、宇野千代は他人の意見に惑わされたり、無理して周りに合わせたりすることはなかった。十九世紀の黎明期を舞台に、マイウェイをとことん歩くその自由さは本当に眩しい。

宇野千代

文学について語るときもそのひたむきな姿勢が際立つ。

ものを書こうとするときには、誰でも机の前に坐る。書こうと思うときだけに坐るのではなく、書こうとは思ってもいないときにでも坐る。この机の前に坐ると言うことが、小説を書くことの基本です。毎日、または一日の中《うち》に幾度でも、ちょっとでも暇《ひま》のあるときに坐る。或るときは坐ったけれど、あとは忙しかったから、二、三日、間をおいてから坐ると言うのではなく、毎日坐るのです。

文学も、ファッションも、恋愛も。人生のすべてに対してフルコミットした宇野千代の生き方はやはり素敵だ。

同世代の女流作家に二足の草鞋を履いていると言われても、派手な恋愛遍歴について噂をされても、彼女は何かをやめたり、何かをあきらめたりすることは決してしなかった。思う存分に人生を楽しみ、一切の妥協を排して好きなことに打ち込んだ。もはや宇野千代が歩んだ華やかな人生そのものが立派な作品だとさえ言える。

北原と離婚してからの三十年あまり、千代は結婚せずに生きた。男と一緒にいたときも、一人で暮らしていたときも、自分の足で立ち、自分の手で幸せを掴み取ろうとする姿は一貫している。常識にとらわれることなく、千代は会いたい人に会い、行きたい場所に行き、やりたいことを成し遂げた。

桜の花びらをちりばめた可愛らしい着物に身を包み、千代さんは自分自身に正直で、最後の瞬間まで懸命に生き抜いた。ファッションや文化がどう変わろうとも、そのポジティブなエネルギーは今後もたくさんの人を救い続けることだろう。

「子宮作家」ですが、何か？

瀬戸内寂聴《せとうちじゃくちょう》（1922-2021）

洗面道具を抱えた女の姿

最近の楽しみはもっぱら銭湯に行くことだ。

知らないうちに私は日本人化（それとも高齢化⁉）が進んでいるせいか、近頃では大きな湯船に浸かりたいものだと思う。溜まった疲れを流して、心身の緊張がほぐれてリラックス。冷えた身体がずーっとポカポカに温まって、スッキリ。

イタリア人の私が言うのも何だが、銭湯で楽しいのは入浴だけではない。行きたい場所を検討したり、途中の道のりを楽しんだり、その辺りを散策してみたり。言うまでもなく、お風呂上がりの一杯も格別に美味しい。

あいにく家の近くに銭湯がないので、私はわざわざ電車に乗ってお湯を求めに出かけて行く。そしてだいぶ遠いにもかかわらず、情緒溢れる東京の台東区あたりにたどり着くわけだ。そこにはお気に入りの銭湯が何軒かあって、足しげく通ううちに、番台のおばさんにまでバッチリと顔を覚えられてしまった。こちらもうっかり常連客ヅラしそうで、回数券を買おうかしらというのは目下の悩みだ。スタンプラリーもやっているらしいではないか！　オリジナルトートバックが欲しいなぁ……などといろいろ考えるうちにワクワクする。

さて、ついこの間、ユズ湯に深く浸かっていたときのこと。

畳んだタオルを頭の上にのせてぼーっとしていたら、あるイメージがふと脳裏に浮かんだ。風呂敷に包んだ洗面道具を抱えた女性の姿。手ぐしでざっくばらんにまとめた髪の毛がほつれて、顔が少しだけほてっている……。どこかでその話を読んだことがあるような気がするが、どうもすぐには思い出せない。お湯からほのかに漂うユズの香りを吸い込んで、一生懸命記憶を引っ張り出してみる。すると……あ！　寂聴さんだ!!　思った以上に高い声を出してしまったもので、隣で入浴中の下町のハイカラおばさまが白い目で私を見る。あまりにも意外なことでびっくりしたみたい。

そうだ、風呂敷に包んだ洗面道具を持って走っている女性は、連作五篇が収録された『夏の終り』のうちの「あふれるもの」に出てくるのであった。

洗面道具をかかえたまま、通りの途中ですばやくあたりを見廻《みまわ》すと、知子《ともこ》は行きつけの銭湯とは反対の方向の小路《こうじ》へ、いきなり走りこんだ。

住宅の建てこんだせまい道には、表通りよりも濃い闇《やみ》がよどんでいた。たちまち知子の姿をつつみこんでくる。一気に闇の中を小一町も駆けぬけて、ようやく息を入れた。

ビニールの風呂敷《ふろしき》でつつんだ洗面器の中には、はじめからタオルで小道具をくるみこんでいて、こんな走り方の時にも、不用意な音をたてないように気が配ってあった。こういう行動をとりはじめてから知子の覚えた小細工だった。

正確に言うと、瀬戸内寂聴の短編小説に現れる女性、作者の化身だとも言うべき知子は、本当に銭湯に通っているのではなく、そのフリをしているだけだ。彼女はパートナー（実はそちらも不倫だが）の目をかすめて、愛人の下宿に駆け込んで行く。しかも、逢瀬のあと、「本当に一風呂浴びたような、上気した清潔な顔をしていた。目が強く輝いていた」と綴られている。さすがに色っぽい。

私の純粋無垢な風呂礼賛と大違い、作品に出てくる銭湯の話は何とも言えず官能的だ。ほぼ実話だと思うと、なおさらドキドキしちゃう。寂聴先生らしく大胆といえばそうだが、初出は60年代だから、発表当時にしては相当衝撃的な内容だったに違いない。

良妻賢母万歳！　女は子供を産んでおとなしく家を守らなきゃ！　という雰囲気がまだ充満していた時代に、「男の愛撫があれば、お湯なんて必要ないわ！」と書くには勇気が要る。たとえフィクションだったとしても。

「愛した、書いた、祈った」という言葉を残して私たちの前を去っていった寂聴先生は、周りに流されず、自由を貫いた女性である。人格攻撃したい人は、勝手にすればいいさ。そんな破天荒な人生を生きるのは、なかなか凡人にできることではない。

結婚、離婚、不倫のオンパレード

瀬戸内寂聴（俗名：晴美）は1922年に徳島で生まれて、幼いときから文学が大好きだったという。早くも小説家になる夢を抱いていた彼女は、東京女子大学に進学したが、在学中に外務省の留学生だった9歳年上の男性と見合い結婚をする。本人曰く、結婚に踏み切った理由は、「退屈だったから」とのことで、初っ端からだいぶぶっ飛んでいるご様子。そのときの晴美は20歳そこそこだった。

卒業後に夫の赴任先である北京へ渡り、長女を出産。敗戦に伴って、故郷の徳島に帰るも母親と祖父が防空壕の中で焼死していたことを知る。そして夫が職を求めて上京している間、地元の徳島に残った晴美は、夫のかつての教え子だった年下の文学青年と不倫関係に陥る……。

この材料だけで立派なメロドラマが書けるじゃないか？　普通の人は呆れかえってしまうかもしれないが、それは晴美の波乱に満ちた人生の始まりに過ぎなかった。このあとは出奔に離婚、不倫のオンパレード、恋に狂い、幾人もの男性の人生を狂わせる。事実は小説よりも奇なりという言葉は、まさに瀬戸内寂聴の人生を言い表すために作られたようだ。

破廉恥なライフスタイルのせいもあってか、その名が紙面に踊るようになってから息を引きとるまで、瀬戸内晴美こと寂聴先生は絶えず世間の好奇心の対象だった。「子宮作家」

だの、「ポルノ小説家」だの、あまり嬉しくないような呼び名もたくさん浴びせられて、彼女に向けられた視線は至って冷たかった。

非嫡出子がいたり、あっちこっちの女と不倫に走ったり、借金に追われたり、ドラッグやアルコールに溺れたり……。正直に言うと戦前・戦後のいわゆる文豪たちは派手な活躍をされているケースが多く、誠に性に奔放な生き方を送った大先生の名前が何人もすぐにパッと思い浮かぶ。しかし、彼らのことを「前立腺作家」とか、「呑んだくれ野郎」とか呼ぶ生意気な評論家はまず見当たりませぬ。

そこでどうしても思う。寂聴先生は本当に極度にエロかったのだろうか、と。さらに、エロかったとしても、それはそんなにいけないことだろうか、とも。

その問題については後世の人々が評価すれば良いけれど、寂聴先生は批判の嵐を逆手に取り、自分というメディアを最大限に活かして、見事に世間を掌の上で転がすことに成功したことだけは確かである。「子宮作家ですって？　大いに結構！」というふうに轟々たる非難を自らの強み、ご自身のトレードマークに変えたのだ。尊敬の念に堪えない。ただただすごい！

1962年に、「婦人公論」に掲載された「『妻の座なき妻』との訣別」というエッセイにおいて、先生はゴシップ雑誌などで取り沙汰されていたときのことを次のように振り返る。

二年ほど前のある日、私はN町から西武線に乗っていた。何気なく見上げた電車の吊り広告の文字が目に入ってきた。四流どころの週刊誌の広告だ。
「或る女流作家の奇妙な生活と意見」
白ぬきの文字は他のどの見出しよりも大きく、ビラの真中におどり出るように浮き上っている。〔……〕
呆れたことに、私自身の大写しの顔がある頁の真中からいきなりとびだして来た。ぎょっとして目を据えると、まぎれもない、電車の広告の文字がその頁の見出しにでかでかとのっている。

京大生と子供ができたとか（！）、取材でとんでもない言葉を口走ったとか（！）、偶然見かけたその記事にはデタラメなことがたくさん書かれていた。その中で、長年続いた不倫関係についても触れられており（これは本当）、「私の半生なるものは、私の小説のあれこれから何行かずつ拾いあつめて、つぎあわせつくったものらしい」と先生自身が冗談めかして言っているところがあれど、やはり何の断りもなしにネタにされていたことに対して激怒したそうだ。当然だが……。
寂聴先生がそのような経験を強いられたのは一度や二度ではない。不倫は読者もメディアも、みんなすぐに飛びつく話題だから。

そもそも日本では「不倫」という概念は比較的新しく、他の国に比べて、貞操観念が芽生えたのはだいぶ遅かったと言われている。鎌倉時代になると、武士が他人の妻を抱いたら所領の半分を持っていかれるとか、個人の行動を律する法律がいろいろ施行されていたそうだが、それはあくまでも身分の高い人々の間での問題であり、庶民はどちらかというと性に関してあいかわらず寛容だった。夜這い文化が戦前まで健在だったくらいなので、ある程度の「ゆるさ」はつい最近に至るまで脈々と続いていたことも明らかである。

しかし、戦時前後の偏ったプロパガンダのせいなのか、西洋から入り込んできたロマンチック・ラブ・イデオロギーが変な形で日本の社会に浸透したのか、いずれにせよ大正期に入ってからは貞操観念がじわじわと重要視されはじめたのだ。それと同時に、「夜這い」が黙認されていた文化から「モラル文化」へと変わっていった歴史において、女性が置かれる立場は大きく変容した。

かつては「不倫は男の甲斐性」と言われるほど、男性が不倫しやすい風潮さえあったと言えよう。ところが、働く女性が増え、経済力を持ち、自立できてくると、女が不倫に走る可能性は以前より高まる。平等と言わないまでも、そのときまでなかった出会いのきっかけも、世間を知る機会も、多くなっていくわけだ。

その一方で、メディアの発達によって、個人の問題として認識されていた「不倫」は以前より表に曝されるようになった。そして「自分だけいい思いをしやがってざまあみろ」

という、人を引き摺り下ろして喜ぶ貧しい心を持ち、妬みが止まらない人もちらほら出てくる。ある程度の知名度や地位のある人を集団で叩いて引き摺り下ろしたいという集団心理が働く。昨今でも盛んに行われる不倫バッシングはまさしくその結果だ。

セクシュアリティが圧倒的に抑圧された長い歴史を持つイタリアでも、不倫ネタはみんな大好きだ。とはいえその楽しみ方は日本と本質的に異なる。ゴシップ雑誌が喜んで当事者を餌食にすることは同じでも、芸能人が干されたり、契約が白紙に戻されたりするどころか、メディアでの出現回数が増えることで、かえって人気が上昇するケースの方が多い。大胆で、派手な恋をして羨ましい、とどこかでみんなが密かに思っているのかもしれない。一応人口の大多数はカトリック教徒で、不倫は宗教的にご法度なはずだが……。

妬《ねた》み嫉《そね》みが顕在化しているだけの現象なのか、それとも有名な問題発言の通り、「不倫は文化」なのか、とにかく寂聴先生は早くも文学少女ならぬファムファタール（男を破滅させる女）のレッテルを貼られた。近頃では髪の毛を剃って、慈悲の心境に達した寂聴先生のことしか知らない人も多いけれど、かつての情熱的なイメージは本人が亡くなった今も世間の意識に強く刷り込まれている。

何でもよろめいていた時代

ちなみに、寂聴先生は日本の文学史において「性に奔放」な女性の代表的存在になっているけれど、彼女がデビューを果たした1950年代後半は、文壇には官能的な雰囲気が満ちていたのだ。

1956年には、だいぶひねくれた不倫をテーマとした、谷崎潤一郎の『鍵』が「中央公論」にて発表された。同じく1956年に刊行された原田康子の『挽歌』は、驚異的な売れ筋を見せて、ベストセラーとなる。一人の無名な女性作家を一躍有名なものにしたその小説も、不倫ものだった。さらに1957年には三島由紀夫の『美徳のよろめき』が出版される。こちらもまた人妻の姦通を見事に描いた小説である。「よろめき」という言葉が流行語にまで選ばれて、何でもよろめいていた時代だった。

そんなよろめきまくりの文学世界のなかで、瀬戸内晴美の『花芯《かしん》』が雑誌「新潮」にて掲載されたわけである。それは園子の人生を描いた中編小説だ。見合い結婚をした彼女は、夫の雨宮と平凡な生活を送るはずだったが、ある日突然恋してしまう。夫の上司の越智に。そう、言うまでもなく、また立派な不倫話だ。

厳密に言うと、「きみという女は、からだじゅうのホックが外れている感じだ」という文章で始まるその小説は、単なる不倫では終わらない。家を出て、離婚した園子は、越智との関係を続けながらもコールガールに変身していくのだ。遊び慣れた60代の男性に「かんぺきな……しょうふ……」と言われたりして、男からためらわずに金を取る。なかなかインパクトのあるストーリーである。

しかし、同時代の官能的なムードにフィットしていたとは言え、平凡な人妻から豪胆な女に変身していく過程を描いた『花芯』は、たちまち酷評の対象とされてしまう。

小うるさい文学評論家の平野謙は、センセーションを狙って「子宮」という単語を無意味に乱用している、などと批判して、その辛辣な評価をきっかけに瀬戸内晴美が「子宮作家」と呼ばれるようになった。

言われてみれば、タイトルの『花芯』そのものが女陰の異称だし、文中に「子宮」という語がちらほら出ている。鉛筆で出てくる箇所を全部マーキングしたら、そこまで多くはなかったが、ここぞというときに必ず「子宮」が出てくるのだ。たとえばこんな感じ。


出産のあと、私はセックスの快感がどういうものか識った。それは粘膜の感応などの生ぬるいものではなく、子宮という内臓を震わせ、子宮そのものが押えきれないうめき声をもらす劇甚な感覚であった。

またはこんな感じも……。

私の子宮が需《もと》める快楽だけを、私の精神も需めだしたのだ。

さらに、小説自体は「子宮」で締めくくられる。

こんな私にも、人しれぬ怕れがたったひとつのこっている。私が死んで焼かれたあと、白いかぼそい骨のかげに、私の子宮だけが、ぶすぶすと悪臭を放ち、焼けのこるのではあるまいか。

純愛であれ、淫らな恋であれ、恋愛をテーマとした小説において最もポピュラーな臓器は間違いなく心臓だろう。心臓がバクバクし、胸がはち切れそうで、動悸が止まらない……そのような描写は頻繁に目にするけれど、さすがに子宮が出てくるようなことは滅多にない。色気と生命力がほとばしる、触れたらヤケドするほどの、園子の「子宮」的な感じ方は本能的で、直感的であり、そこには理屈が入り込む余裕は一切ない。

過去の悪評もある程度ぬぐい去られた現在になって読んでみれば、『花芯』はそこまでスキャンダラスには感じられず、テンポよく話が進んで、綺麗に整理された物語に思われる。露骨になりやすい性愛や身体の描写も、とても繊細で、表現一つひとつが選び抜かれている。初期作品にしては、濁りのない、正確な文章で誠に見事である。

それにしても、発表当時はやはり女性作家が女性のセクシュアリティに真っ向から向き合って、正直に語るというのは衝撃的すぎたのだろうか。

有吉佐和子や曽野綾子が「才女」ともてはやされる一方、作家としてはそれほど真剣に評価してもらえなかったのと同じように、瀬戸内寂聴の場合も、派手な私生活や作品の過激な部分に対する評価だけが一人歩きして、その背景にあった文学的世界観が置き去りにされたようにも思える。

さらに寂聴先生が袋叩きに遭った理由はもう一つある。

それは1907年の田山花袋の『蒲団』で始まったとされている、「私小説」の弊害とも言えるが、とにかく日本の近現代文学においては自己暴露的性質を持った作品が多い。その結果、日本の読者は、小説に書かれていることを真に受けすぎるのだ。

見合い結婚、子供を置いての出奔、大っぴらな不倫。確かに作者自身の奔放な恋愛遍歴と重なるディテールはあちらこちらに出てきたりするけれど、『花芯』はあくまでも小説なので、虚構として読むべきである。それなのに、私小説的な受け止め方をされてしまったせいで、文学批評がいつの間にか個人攻撃に変わって、メディアが騒ぎ出した。今だったらSNS炎上になるやつだよね。

円地文子、室生犀星、吉行淳之介など、好意的な意見を示す作家が何人いても、世間の風当たりが厳しいという状態は変わらなかった。吉行淳之介なんぞ、もっと退廃的なものを書いているし、その人生も常に女性に彩られていたので、明日は我が身と思いつつ、共感する部分は多かっただろう。

平野謙おじさんも、そこまで新人作家をこき下ろすつもりはなかったのかもしれないが、言葉の力、特に権威のある人が発する言葉の力はすごいものだ、としみじみ考えさせられる。

そんな巻き込まれ事故のような出来事の嵐に振り回されたら、凡人はおそらく折れるだろう。しかし、寂聴先生はそれでもめげなかった。何を言われようと、机に向かって筆を握り、自らの声を探して、渇愛の中に生きる自分をさらけ出し続けたのだ。

恋と文学に飛び込んで、全身全霊で生きた寂聴先生は、非常識で反道徳的な行動に何度か走ったが、彼女の生き方を考えるとヨハネによる福音書の有名な一節が真っ先に頭に浮かぶ。「あなたがたの中で罪のない者が、まずこの女に石を投げつけるがよい」と。

晴美が出版社に乗り込む

そうは言っても、小心者の私は、渇愛だの、道ならぬ恋だの、激しすぎる感情はまっぴらごめんだ。一方で、他人がパッションにまみれて生きているのを横目で見るのはぜんぜん嫌いではない。何を隠そう、大好きなのである。綺麗なものに心を惹かれながらも、それだけでは生きていけない。適度のスリルも必要だ。

だから寂聴先生のような、常識破りの人生にものすごく好奇心をそそられる。誰かそれを赤裸々に書いてくれたらぜひ読みたいよね？　そう思うのは私だけではないはず。しかも、『田村俊子』、『かの子撩乱』、『美は乱調にあり』といったような、恋に燃え、闘った新しい女たちの伝記物を得意としているご本人が手がけたものならば、なおさら読みたくて仕方ない。

それは晴美時代に書かれた、長編自伝小説『いずこより』である。

江戸時代後期の僧侶でもあり歌人でもある良寛に「我が生、何処より来たり去って何処にかゆく」という句がある。かりそめの旅のように過ぎ行く人生の一コマ一コマ、そのイメージにちなんだ『いずこより』は、寂聴先生になるまでの曲がりくねった道のりを一生懸命歩んだ晴美のことを知る上で必読だ。

『いずこより』は自伝という位置づけになっているものの、やはり小説なので、多少脚色されていると思われる。つまり、今回も真に受けすぎることに注意が必要だが、そこには見合い結婚や中国での滞在、年下男との情事や家を飛び出したときのことなど、先生の人生を決定づけた出来事がほぼ事実通りに語られている。

八年も続いた前衛作家小田仁二郎《じんじろう》との関係についても包み隠さず綴られており、一度別れた年下彼氏の再登場によって、瀬戸内、小田、小田の妻、瀬戸内の年下元彼の間に生じた奇妙奇天烈な四角関係のことも躊躇なく明かされている。

そのような内容だけに、『いずこより』では、寂聴先生の人生に現れた男（たち）は大変重要な役割を果たす。しかし、それよりも強く訴えかけられているのは、作者の文学に対する計り知れない情熱である。

連載など各方面で引っ張りだこの大作家先生、テレビやラジオにも頻繁に出演し、亡くなるまでずっと現役だった瀬戸内寂聴。今やその名前を知らない人はほとんどいないだろうけれど、実は軌道に乗るにはだいぶ時間がかかった。

念願の文壇デビューを果たしたとき、寂聴先生は既に35歳。

それまでは少女小説の執筆でなんとか食いつなぎ、貧乏に耐えながら机に向かって、書きかけの原稿を出版社に持ち込む日々を送っていた。当時の彼女の姿は初々しく、自らの人生を文学に捧げているその芯の強さに感銘を受ける。

『いずこより』において、そのような駆け出し時代のエピソードがいろいろ紹介されているなか、やはり例の「子宮事件」のあらましは臨場感にあふれていて、その顚末の語りに文才が光る。あれだけ注目を集めた出来事なので、本人がどう思ったか、ものすごく気になる。

まず酷評をされたときの反応は次のように記されている。

六十数枚のその作品に、私はその時の全力を注ぎこんだつもりだった。私小説ではなく完全なフィクションで、私の最も書きたかったものを最も書きたい文体で書いた。女の生を司《つかさど》る性と愛の哀《かな》しさを、私は愛を性より優位なものとして描いたつもりでいた。ところがこの作品は発表されるや否や、時評に取りあげられ、袋叩《ふくろだた》きにあってしまった。子宮ということばが多すぎるというもの、マスコミのセンセーショナリズムに毒されて、早くもマスコミに媚《こ》びたとも、ひどいのはポルノグラフィーだとさえ断定したのもあった。

寂聴先生にとって、『花芯』は大手の出版社から依頼をもらった初の作品、そのときまでなかなか実現できなかった作家になる夢が叶うまたとない機会だった。彼女はその書評を読みながら震えただろうと容易に想像できる。

そこまでけちょんけちょんに言われたら、そこら辺の新人作家なら穴があったら入りたい気分になるだろうが、先生はそう簡単には納得しなかった。彼女は異議を申し立てるために、作品を出版してくれていた新潮社に出向き、伝説的編集者、斎藤十一に会いに行ったのだ。

もう本当にドラマチック!! 鬼気迫る勢いで有名な敏腕編集者に向かってまくし立てるうら若き(そうでもない、中年に差し掛かった)寂聴先生の姿が目に浮かぶ。彼女は雑誌

「新潮」で反駁文を書かせてくれるように頼み込む。そこで、斎藤氏は秀逸な反応を見せている……。

「あんた、それじゃだめだな」

斎藤氏がそっけない声を出した。

「作家が作品を発表して、批評家がとやかくいう。それがお互いの商売だから当たり前じゃないか。批評家にどう思われようと仕方がない。批評家は悪口いうのが商売だもの。あんたそれじゃまるで箱入娘のお嬢さんみたいでおかしいじゃないか。商業雑誌に小説がのるということは作家としてのれんをかかげたということでしょう。のれんをかかげた以上、商品がまずいからってかえされることもあれば、全然だめじゃないかって評判されることもあるさ。そのくらいは覚悟ついてなきゃ一人前だといいえないね。大体、小説家なんてものはね、自分の恥を書きちらして銭とるものだよ。人非人の神経にならなくちゃ。あんたの今怒ってるのは、まっとうな人間の神経だよ。まだだめだね、そんなことじゃ、性根を入れ直してやり直すんだな。じゃ」

それっきりで、斎藤氏はさっさと背をむけて立ち去ってしまった。

映画から切り取られたワンシーンのように、当時の様子がはっきりと伝わってくる。読んでいる私たちも編集部の薄暗い会議室に佇んでいるような錯覚に陥る。

オタクの編集部だって、ＯＫを出したでしょう？　少しは作家を守ってよ！　と本を握りしめながら、こちらまで（おそらく私だけだが……）熱くなって、結末がわかっているにもかかわらず、続きが気になってそわそわしてくる。

二人の間にどのような会話が交わされたのか、確かめようがないけれど、人生を賭けた夢、つまり小説家になる夢が、跡形もなく砕かれたときの悔しさ、切なさ、絶望。寂聴先生の胸中に様々な思念の破片が渦巻いたことだろう。

周知の通り、酷評の対象となった結果、五年もの間、文芸雑誌からの依頼がピタリとなくなったのだ。彼女はその間、週刊誌なり、同人誌なり、少女向け雑誌なり、依頼はなんでも引き受けてひたむきに書いた。そして、同人誌に掲載していた伝記物の『田村俊子』が話題になったりして、思いがけず新潮社から再び声がかかる。

短編『夏の終り』が雑誌「新潮」に載ったのは、１９６２年６月だった。

代表作を含む五篇からなる『夏の終り』は翌年の１９６３年に出版され、寂聴先生のカムバック作となり、出世作となった。彼女の小説家としての本格的なスタートと言って良いくらいのインパクトのある作品だ。

『花芯』の経験があったからこそ、二度目の文芸雑誌でのチャンスには慎重にならなくては、と普通は思うはずだ。ところが、先生はまったく懲りないというか、ある意味『花芯』よりも過激な内容で挑んだ。あっぱれなお手並みだ！

主人公園子は最後に完璧な娼婦になるし、『花芯』はねっとりと重くまとわりつくような読後感を漂わせる中編小説だ。それに比べると、『夏の終り』は妙な哀愁を感じさせる、恋の撤退戦にふさわしい切ない雰囲気のなかでゆらりと進行していく。とはいえ、正真正銘のフィクションである『花芯』と違って、こちらは本物の私小説なのだ。つまり寂聴先生は自らの不倫生活を作品にしたわけである。『花芯』で濡れ衣を着せられたことを、今度は本気でやってしまう。

「子宮」の連発だけでひっくり返った文壇が、正直な不倫白書にどう反応したのか、気になるところだ。

『夏の終り』は1963年に女流文学賞を受賞した。しかも、いち早く作品を絶賛したのはまさかの平野謙！　おや⁉　何かの罪滅ぼし？　身構えていたのに、今回は文壇の風紀委員会は眉をひそめて批判してこないのか⁉　何が起こったのだろうか？

瀬戸内寂聴

ダブル不倫赤裸々白書

新潮社文庫版の『夏の終り』に収められている短編小説は、銭湯に走っていく主人公で始まる「あふれるもの」、表題作「夏の終り」、「みれん」、「花冷え」、「雉子」という順番で並んでいる。「雉子」だけはヒロインやテーマが異なっており、それ以外の四篇は染色家の知子の視点で語られている。

執筆はそれぞれバラバラの時間に行われたものなので最初から連作の意識があったかどうか不明だが、『夏の終り』は結果的に知子の恋愛の終焉の物語を紡ぐ構成となる。

寂聴先生ご本人と同じように、知子は妻子のいる小説家の小杉慎吾と半同棲同然の生活を送る。慎吾は知子の家と海辺近くにある家族の家を行き来して、二人の女性の間にきっちりと時間を分けている。その奇妙な通い婚が八年も続いたところで、凉太、つまり知子のかつての年下愛人が加わる。その凉太は、知子が夫と離婚して、子供を捨てた原因となった男だ。そして、姿を見せなくても、バックグラウンドには常に慎吾の妻の存在が感じられる。

この人間関係の枠組み自体は『いずこより』にも書かれており、作者本人の体験に基づくものだ。『夏の終り』では一応違う名前が使われているとはいえ、インターネットや参考文献に当たると、それぞれの人物のモデルは誰なのか、すぐにわかる。

前半の四篇――つまり「あふれるもの」、「夏の終り」、「みれん」、「花冷え」――は、知子が慎吾と涼太との関係を清算して、一人になるという一夏の出来事を描く。連続して読むと、話がちょっとずつしか進まないのに、人物たちの心理状態が微妙に変化していくのがわかる。

恋を始めることはたやすいが、終わらせるには、膨大なエネルギーが必要なのだ。『夏の終り』のうちのその四篇は、複雑な人間模様、渇愛に悶える人物たちの情熱、嫉妬、怒り、倦怠感など、いろいろな感情が錯綜するなか、夏とともに終着点に到達する「恋」の軌跡が鋭く描かれる。

もちろん泥沼劇も官能的な性愛描写も満載だが、それよりもピークを迎えて枯れていく恋愛が非常に的確に捉えられている。

たとえば、知子は涼太に向かって、長年続いた慎吾との関係の本質を解き明かす。

「慎に面とむかうと、別れ話ができないのは、八年間の生活の習慣よ。愛なんかより、習慣の方がずっと強いものだっていうことが、今度つくづくわかったわ。慎があの人と別れられないのだって、あたしとの生活より、ずっと長い、深い生活の習慣が、あの家や、家族の間に、厳然とあるからよ」

また、同じ「みれん」のなかで、慎吾との別れが迫ってきて、それを自覚する知子の様子が次のように語られている。

知子は慎吾の頭に顔をふせると、堰《せき》をきったように激しく泣きはじめた。慎吾とわけもった八年間の想《おも》い出《で》が、数えきれないおびただしさで、知子を押し流すようにあふれてきた。愉《たの》しさよりも、慎吾とわけあった苦しさと悲しさの記憶が、切実ななつかしさだった。人間が死ぬ前の一瞬に、生涯《しょうがい》の幻を見るというのは、こういうことなのだろうか。


つらくて、切ない。

理性が吹っ飛んでパッションに燃える瞬間だけではなく、知子、あるいは彼女の後ろに見え隠れする作者の瀬戸内寂聴は、少しずつ色褪せて、消えていく愛のすべてを正直に受け入れている。それはとてもリアルで、悲しい。

四篇の中で、最後の「花冷え」に特別に印象に残っている場面がある。

知子は、住処を探すことを慎吾に告げたあと、彼女が出ていく家に慎吾一家が引っ越してくるよう、ふと提案する。

二人はその家でとてつもなく長い時間を一緒に過ごしてきたので、知子が出ていく行為は関係を終わらせるという大事な意味合いを持つ。慎吾と過ごした場所ではなく、涼太からも遠い住処を探そうとする知子は、男どもから自立して、独り立ちする準備ができている。ところが……別れたばかりの慎吾の家族がその不倫の現場に越してくるというのは、想像を絶する発想だ。

そして数日後に、慎吾から「来ても……いいってさ」と、妻が現在の知子の家に引っ越すことを承諾したと告げられる。まじかよ……⁉

夫が情人と棲んでいた家へ、女の出ていったあと、一家で移り棲むということの奇怪さ、不自然さは、さすがに知子にもわかっていた。けれども、知子には世間の道徳から外れた非常識さが、長い慎吾との不自然な生活の中で身についていて、突飛で奇矯《ききょう》な発想をしたり、躊躇《ちゅうちょ》もなく生活の中にその考えを実践してしまうところがある。〔……〕

知子はふいに、見たこともない慎吾の妻に、ほとんど、肉体的ともいえる親近感を覚えていた。慎吾という一人の男性を通して、八年間、互いを意識しつづけてきた二人の女の間では、憎悪《ぞうお》や嫉妬《しっと》の歯車にかけられただけ、鋭く感応《かんのう》しあえる同種の神経が発達しているのかもしれない。

わー、すごい……どうしてもその妻の心境を考えずにいられない。どんな露骨な身体描写よりも、こうした心をえぐられる表現の方が何倍も過激だ。

間接的に何度か登場する慎吾の妻だが、とうとう最後まで顔が見えない。その不在――どちらかというと隠ぺいといった方が適切なのかもしれないが――によって、彼女が『夏の終り』のもう一人の主人公としてはっきりとした輪郭を帯びてくる。

……セックスあり、パッションあり、『夏の終り』は人間のドス黒い感情がたっぷり詰まっている一冊だ。腐った蜘蛛の巣みたいにネットリと絡み合った男女、その陰鬱陰惨なつながりを思うだけで不愉快な感情が込み上げてくる。それと同時に、自立していくヒロインの足跡を辿りたくなる。だからなのか、赤裸々な内容にもかかわらず、『夏の終り』は文学賞をめでたく受賞し、瀬戸内寂聴が文壇において自らの地位を固めるきっかけを作る出世作となった。

大鬼になるしかない

『花芯』の酷評から『夏の終り』の成功までの道のりを俯瞰してみると、作者が常に文学を諦めず、自らの表現方法を磨いて、初期作品の欠点をうまく克服した姿が認められる。

が、それだけではないと私は思う。

『夏の終り』が高く評価されたのは、瀬戸内寂聴が読者と批評家をうまく「騙した」からだと私は（勝手に！）考えている。

『花芯』はフィクションなのに、自伝的な作品として誤読されたことを真摯に受け止めて、瀬戸内は真実と嘘のちょうどいい割合を研究しだしたのでは、と思う。『花芯』ではねっとりしっとり、感情的過ぎる部分があるのに対して、『夏の終り』においてはそのすべてを切り落として、透き通るような文章になっている。みんなが大好きなドロドロネタ、自分をさらけ出しても、絶妙な距離感がずっと保たれている。「私小説です！　私のエッセンスがぎゅっと詰まっているものだよッ！」と本人が宣言しても、彼女の個人的な話より、誰にも当てはまる普遍的な何かしか感じられない。自分の中にもあって、あまり触りたくない黒い部分を、彼女が代表して語ってくれているのだ。

「真実の言葉で嘘をつく」というのはやはり素晴らしい作家にしかできない離れ業である。

「子宮作家」のレッテルはずっと彼女にまとわり続けたものの、挑戦的な試みといい、捨て身の覚悟といい、寂聴先生の作家としての凄みは何もかもぶち破って、後に続々と出てきた女性作家のために道を大きく切り拓いたと言える。

『いずこより』には、年下男を追いかけて、子供を捨てていった晴美の元に、父親から手紙が届いたと書かれている。「お前はもうこうなった上は人の道を外れ、人非人《にんぴにん》になったのであるから、鬼の世界に入ったと思うよう。どうせ、鬼になったのだから、人間らしい情や涙にくもらされず、せいぜい大鬼になってくれ」と当て字だらけの字で綴られていた。世間の道徳は所詮人が作ったものにすぎない。小田仁二郎と別れてからもまた派手な恋に走り、たくさんの小説を書いた瀬戸内寂聴は、常識や道徳という狭い道からはみ出すほどの情熱を持った女性だった。髪を剃って、寂聴という名前をもらってからその本質が変わったかどうか、本人にしかわからない。しかし、父の言葉の通り、彼女は結局大鬼になったのだろうか。

偶然なのか、編集者斎藤との会話にも父親の手紙にも「人非人」という単語が出ている。それはもしかしたら寂聴先生の作り話かもしれないが、文学か真っ当な生活か、その究極の選択を迫られたのは本当だろう。「人非人」という単語の意味を噛み締めながら、寂聴先生にとって、文学は命よりも大事なものだったんだな、と思わずにはいられない。そしてそのあまりに壮絶な人生は、やはり凡人が真似するのは無理だ、と改めて痛感させられる。

先生が残してくれたおびただしい数の作品はそれぞれの人生を歩んできた多くの人の心の琴線に触れるもので、徹底した寂しさ、孤独感が節々に詰まっている。生きることとそのものの苦しさが言葉からにじみ出ており、寂聴先生はもう筆を執ることはないと思うと、無性に悲しみがこみ上げてくる。

気づけば仕事が恋人

#「名前のない女たち」を描いた人

樋口《ひぐち》一葉《いちよう》（1872-1896）

長女症候群

「長女症候群」という奇妙な言葉を、雑誌の記事で見かけたことがある。「症候群」なんて言われてしまうと、ヘビーな印象を受けるが、「不思議の国のアリス症候群」、「ピーターパン症候群」、「サザエさん症候群」など、最近はなんでも「症候群」と呼ぶきらいがあるから、あまり当てにならない。

とはいえ、私自身はまさに長女なので、一応知っておきたい。

一人っ子長女、上に兄がいる長女、下に弟や妹がいる長女。家族構成によって「長女」にはいくつかのパターンがある。ちなみに、私は三つ目のケース、弟のいる長女だ。

占い程度の信憑性しかない雑誌記事によれば、それは症状が最も重いパターンらしい。自分より他人を優先したり、弟・妹に嫉妬したり、自立心や責任感が強く、それは家族以外の人間関係に大きく影響するという。すべて弟に任せて、海外でのらりくらり生活をしている私には、果たして責任感というものがあるのだろうか、とやや疑問だが、我が家では道を拓く(=親の許しを勝ち取る)、パイオニア的な役割をずっと担ってきた。

10代のとき、門限の交渉をしたのは私だ。勝ち取った結果は弟にもそっくりそのまま適用された。友達とコンサートに行きたくて、親を説得するには何時間も費やしたが、弟はすんなり。海外旅行も、一人暮らしも、一つひとつ熾烈な戦いの末に摑んだチャンスだ。

三つ年下の弟からしてみれば、とうとう自分の番が回ってきたと思ったら、私が一通りのことを既にやっていたので、親があまり構ってくれなかったと逆に不満に思っている。どんな立場に置かれようと、人間はいつも文句ばかりだ。

私は長女性に乏しい長女で、面倒見も悪くてどちらかといえばわがままだが、「長女症候群」の条件に最も当てはまる作家は誰かと聞かれたら（誰がそんな質問をするの⁉）、その回答には迷わない。もちろん、樋口一葉だ。

樋口家の「次女」に生まれたものの、彼女は家族のために、そして文学のために「長女」以上のことをやってのけたのである。近代の女性はみんな家族を支えていたけれど、一葉は要求されたことをより一層頑張った。亡くなってしまった父親や兄に代わって家を継ぎ、10代からがむしゃらに働いた。母親と妹の面倒を見て「わたしはぜんぜん大丈夫！」と連発しながら短い人生を全うしたのだ。

しかもそれだけではない。

尾崎紅葉や夏目漱石が会社員のポジションを手放そうとしなかった時代に、彼女は所属なしの作家として、男だけの世界に飛び込んだ。相手にされないときも多かったが、小説家になる夢を諦めず、のちに生まれてきた女性たちのためにその道を拓いた。本物のパイオニア、本物の草分け的存在だ。

科学的根拠は一切ないが、他人を優先してしまう長女タイプは幸せになりにくい。

樋口一葉先生はそのあたりも当てはまりそうだ。五千円札から私たちを寂しげに見つめている地味でか弱そうなお姉さん……彼女の想像から生まれた女たちがことごとく苦難にぶち当たるのはもちろんのこと、一葉ご本人もまたなかなかの幸薄さなのである。

私だってもっとキラキラ輝きたいわ〜

樋口一葉（本名：奈津）は1872年、東京府内幸町に生まれる。

父・則義は現在の山梨県の農民の長男だったが、長閑な田舎生活に飽き足らず、チャンスをつかむべく、妻の多喜を連れて江戸に向かった。しかし、樋口夫妻が江戸で暮らしはじめて間もなく、幕府が瓦解、明治維新による近代統一国家の時代が始まり、激動の日々が続いていたのだ。それにもかかわらず、則義はなんとか持ちこたえて、下級といえども官吏《かんり》の道を歩む。そのかたわら、彼はサイドビジネスとして不動産や株を扱い、四人の子宝に恵まれ、少なくとも最初のうちは安定した生活を手に入れることに成功した。

目黒区駒場の日本近代文学館で、一葉が一生涯使っていた文机が展示されているのを見たことがある。引き出しの取手に梅の花を象った、かわいらしい飾り細工が施されており、小ぶりながらも立派な代物だと見て取れる。樋口家がつかの間の裕福な暮らしを楽しんでいたとき、父・則義が娘に与えたものだそうだが、明治時代の少女が自分専用の机を買ってもらうなんて、相当珍しいことだったのではないかと思われる。
その小さな机の前に座って、原稿用紙を広げて、筆を走らせていた一葉……早速妄想スイッチが入る。

七つといふとしより草双紙《くさざうし》といふものを好《この》みて手まりやり羽子《はご》をなげうちてよみけるが、其中《そのなか》にも一《いち》と好《この》みけるは英雄豪傑《えいゆうがうけつ》の伝《でん》、仁侠義人《じんけふぎじん》の行為などのそゞろ身にしむ様《やう》に覚《おぼ》えて、凡《すべ》て勇ましく花やかなるが嬉《うれ》しかりき、かくて九つ斗《ばかり》の時よりは我《わが》身の一生の世の常にて終らむことなげかはしく、あはれくれ竹の一《ひと》ふしぬけ出《いで》てしがなとぞあけくれに願ひける、……

（『塵の中』、明治26年8月10日）

【イザベラ訳】

7歳の頃から、絵入りの小説が大好きすぎて、おもちゃをそっちのけで、読みふけっていたっけ。そのなかでも、才知や武勇ともにずばぬけて優れた人の伝記とか、人助けをする人の話とか、なんとなく身にしみるように感じて、勇ましく華やかなものがなんでもお気に入りだったわ！　こうして9歳頃からは、普通の人生なんか嫌だと思い、人一倍輝きたいと四六時中願うようになった。

何冊にもわたる一葉の日記の中で、こちらはもっとも有名なくだりかもしれない。大人になった作者が過去を振り返り、幼い心に芽生えていた夢を語る。

百年以上も前に書かれた文章だけあって、さすがに古びた文体なりけり。しかし、言語の障害さえ越えていけば、今のティーンエイジャー向けのドラマにでも出てきそうな内容だ。その新鮮さにまずびっくりする。

後世に語り継がれる特別な存在になりたい。若いときは、誰だって漠然としてそう思う瞬間はあるはずだし、白昼夢にふける少女の姿を想像するとぐっと身近に感じられる。一葉ちゃんは、お札に自分の肖像が使われるほど有名になるとは夢にも思っていなかっただろうね……。

江戸時代の代表作家の一人、曲亭馬琴が二十年以上をかけてしたためた、『南総里見八犬伝』を三日間で読破したなど、若き一葉にまつわる武勇伝がいくつもある。そのほとんどは作者本人が書き残した日記や手記に基づいているものだが、それらのエピソードからやや男勝りで、利口な女子像が浮かび上がる。

そうした姿は、兄弟より早く中国の漢文知識を習得し、優れた文才の持ち主だった紫式部のそれとかなり似ており、偶然ではないような気がする。どこまで意識的だったのかわからないが、男社会のなかでプロの作家を目指そうとした一葉が、大先輩の目覚ましい活躍や緻密な筆跡をお手本にしていたのは言うまでもない。

文部省が新設されたのは、一葉が生まれる一年前、1871年だった。その翌年、1872年に学制が公布され、日本政府が国民皆学を目指して、動き出した。また、1870年代の半ばには師範学校・東京女学校（現：お茶の水女子大学）が設けられて、それを皮切りに全国で女学校が創立され始めたのだ。男女平等から程遠い状況だったものの、女性の教育も多少視野に入れられていたことがうかがえる。

明治の文明開化が進むなか、自らの将来に対して大きな望みを抱えていた一葉は学校の成績が飛び抜けて良かったけれど、彼女の最終学歴は小学高等科第四級止まりとなってしまう。進学がかなわなかったのは、母・多喜が強烈に反対したからだ。女に長く学問をさせるのはよからず、ときっぱりはねつけて、一葉が泣き喚いても、夫・則義がやんわり説得しようとしても断固として許さなかった。その出来事は、秀才少女の不運の始まりだった。

多喜の名誉のために言っておくと、そのスタンスはごく一般的なものだった。娘の将来性を見抜く先見の明が少しでもあったら良かったが、学問と無縁な生活を送っていた多喜本人からしてみればリテラシーより、針仕事や家事の方が断然に重要で、自らの判断には一切の迷いがなかった。

しかし12歳で退学させせられても、一葉ちゃんはやはり文学を捨てるつもりはさらさらない。

時間があるたびに読書にふけり、彼女は立派な机に向かって勉強を続けていた。そこで、娘のことを不憫に思った父・則義がコネを利用して、「萩の舎」という民間の女学校に彼女を入れて和歌を習わせる。

学業に対してあれだけ難色を示していた母・多喜だが、生活にまったく役に立たない和歌のお稽古をなぜか許した。「萩の舎」に通っていた少女たちは金持ちの令嬢ばかり、あわよくば自分の娘がハイソサイエティに滑り込めるかも、と多喜は多少目論んでいた節がある。

一葉の文才と努力は「萩の舎」でも目立っており、周りの目には少し鼻につく優等生として映っていた。これもまた、紫式部が置かれていた境遇によく似ている。

藤原彰子の家庭教師として抜擢された紫式部は、教育レベルがものすごく高い上に、典型的なこじらせ女子だったこともあり、他の女房から距離を置かれて煙たがられていた、と本人が日記に綴っている。一葉の場合、社会的地位が比較的低いがためにいじめられていたようだが、紫式部と同じく孤立無援に感じていた点においては、二人の天才作家に共通している。

デスパレートな女たちの果てしない転落ぶり

これ以降の一葉の人生は、自身の小説に登場するヒロインのごとく、不幸のどん底へまっしぐらに突き進んでしまう。

まず、樋口家の期待を一身に背負っていた長男が夭折。父・則義が離職して、サイドビジネスだった株と不動産に力を入れるも、事業に失敗。しかもたんまり負債を残した状態で急死。上の姉は離婚したりして、苦労が多い人生を歩み、二番目の兄はダメ人間で、家族から離れていく。母・多喜、一葉とその妹・くに、女三人だけが残された樋口家は、もはや崖っぷち、まさにデスパレートな女たち。

一葉の婚約者だった渋谷三郎だけが彼女らの最後の望みだった。

ところが、彼は助け船を出してくれるかと思いきや、やばい状況を嗅ぎつけて、慌ただしく婚約を破棄する。後に「一葉を捨てた男」としてのみその名が歴史に刻まれることになる。嗚呼、切ない……。

一葉は17歳の若さで仕方なく女戸主となってとにかく頑張る。そして、裁縫お姉さんとか、家庭教師とか、女に許された職業で稼げるお金は高が知れていると早くも悟り、プロ作家の道を本気で目指し始めた。知り合いに頼み込んで、戯作作家・半井桃水《なからいとうすい》を紹介してもらい、彼に指導を懇願する。

ところが……半井桃水はめっちゃハンサム、世間知らずの一葉の胸がザワつくわけである。優等生だってイケメンには即イチコロだ。

女遊びに慣れている人気作家からしたら、一葉は地味な子に過ぎない。それでもダンディー桃水くんはやがて彼女の類い稀な才能に心を奪われてゆき、早速二人の仲が噂の的となる。

一葉と半井桃水の間には何があったのか、その真相は神のみぞ知ると言ったところだが、明治時代は女性に対する目線が厳しく、婚約者ではない男との交際に顔をしかめる人が多かった。自らのレピュテーション（評判）を守るか、愛に飛び込むか……その二者択一の岐路に立たされた一葉は前者を選ぶ。「恋とは尊くあさましく無残なものなり」という名言で知られている彼女は、恋の尊さも浅ましさも最初から諦めざるを得なかったのだ。

しかしたとえブロークンハートになっても、苦しみに明け暮れても、生活はなおも続く。何とかして家賃を払わなくちゃ、という厳しい現実がぐんぐん押し寄せてくる。

樋口家の女たちは荷物をまとめて、下谷《したや》龍泉寺町に転居し、荒物・駄菓子の店を開く。運命の女神は勇者に味方するというけれど、樋口家の場合は全くもってそのようなことはなかった。思い切って商売を始めたのはいいが、利益はほとんど出ず、彼女らはかろうじて生き延びた。まあそもそも、駄菓子はあまり儲けがなさそうな商売だし、もう……いとかはゆし……。

生活の苦しさと貧乏具合でいうと、この時点ではマックスに達している半面、一葉はそれでも文学に打ち込む。

『万葉集』、『古今和歌集』、『新古今和歌集』はもちろん、『源氏物語』や『枕草子』など、「萩の舎」の教育は古典文学が中心だった。その影響を受けて、一葉の初期作品は姫様と殿方のたわごとだと言わないまでも、もっぱら古典的な世界を描いている。

たとえば、半井桃水の指導のもとに書かれた処女作『闇桜』（1892年）。それは三号でお陀仏になった文芸雑誌「武蔵野」にて掲載されたとても短い小説だが、千代という名の少女が恋に目覚めていく過程を捉えた作品である。ざっくりまとめると、あらすじは次のようなものだ。

近所で噂されるほどの美少女の千代は、隣の屋敷に住んでいるジェントルマンこと、良之助と幼馴染だ。そんな彼女はひょんなきっかけから、ある日突然良之助を男性として意識し始める。しかし、自分の想いを伝えられず、良之助を避けるようになり、そのことが原因で千代が病気にかかる。

それはいわゆる恋わずらいというやつ……これぞ、ザ・日本の伝統だ。

古典文学の最高傑作とされている『源氏物語』では、桐壺の更衣、光源氏、六条御息所《ろくじょうのみやすんどころ》、夕霧、浮舟など、ほぼ全キャストが恋わずらいで寝込んでいる。その世界においては、恋の病の方が伝染病や疫病よりも罹患率がぐっと高く、死に至ることも珍しくない。平安朝の後宮にとどまらず、恋わずらいの妄想は脈々と江戸時代にまで伝染して、日本文学は無理心中や片思いのオンパレードだと言っても過言ではない。有名作品によく使われている一つのクリシェだからこそ、いつの時代も読者が慣れ親しんでいる人気ネタだ。

ところが、一葉の『闇桜』は彼女のトレードマークとなる、流れるような雅俗折衷体が既に成熟しているのに、なかなか感情移入できない。

匂宮や薫の間で揺れている浮舟とか、身分が低くて自分が光源氏に愛される資格がないと苦悩する明石君とか……そうした女たちの息吹が作中に漂うなか、人物たちは古めかしい舞台の上に踊る影絵のように見える。近所で噂される美少女。完璧に振る舞うハンサム青年。うら若きお二人の目の前に咲き乱れる桜。小説のどの様子も既視感がある。

言い換えれば、一葉は作者として自分の声を表現できる文体を手に入れていたのに、語りたいストーリーとはまだ出会っていなかったのかもしれない。

物語は意外なところで隠されていた

運命的なシフトチェンジは下谷龍泉寺町で暮らしはじめた頃に起こる。恋のように突然、物語がやってきたのだ。

下町で働く一葉はそれまで眼中になかった人々に視線を向けはじめる。その場所にいたのは、亡き父親のかつての同僚でもなければ、「萩の舎」に通っていた華族の令嬢でもなく、文学界を盛り上げていたインテリなお坊ちゃまでも決してなかった。

お店を営むたくましい商人、走り回る子供たち、買い物に急ぐ女中、そして吉原を彩る花魁、怪しげな料理店の裏で体を売る年増女郎……少しずつ一葉はそうした人々の存在に心を惹かれて、無意識のうちに彼らや彼女らの姿を目で追うようになる。そのような日常から切り取られた一コマ、一コマ、まるで絵のような澄み切った光景が一葉の小説の題材として生まれ変わる。『たけくらべ』、『にごりえ』、『十三夜』などといった珠玉の短編小説は、その体験に深く根差しており、一葉が作家として花咲く過程においてとても重要な位置を占めている。

『たけくらべ』は二度と戻ってこない幼少時代のスナップショットである。子供たちが遊び回り、喧嘩して、学校に通って、必死になってお祭りの準備に取りかかる。彼らは青春が永遠に続くかのように、淡々とした日々を生きている。

僧侶を父に持つ信如、売れっ子遊女を姉に持つ美登利、金貸しの息子である正太郎、ストーリーはこの三人を中心に展開されていくが、そのなかでも勝気な性格の美登利は特に印象に残る。彼女は次のように描写されている。

解かば足にもとどくべき毛髪《かみ》を、根あがりに堅くつめて前髪大きく髷《まげ》おもたげの、赭熊《しやぐま》といふ名は恐ろしけれど、此《これ》髷をこの頃の流行《はやり》とて良家《よきしゆ》の令嬢《むすめご》も遊ばさるるぞかし、色白に鼻筋とほりて、口もとは小さからねど締りたれば醜くからず、一つ一つに取たてては美人の鑑《かゞみ》に遠けれど、物いふ声の細く清《すず》しき、人を見る目の愛敬あふれて、身のこなしの活々《いきいき》したるは快き物なり、〔……〕

【イザベラ訳】

（美登利は）ほどいたら足まで届きそうな黒髪を、赭熊《しやぐま》という怖そうな名前の髪型にしている。それは髷を大きく膨らませた派手なスタイルで、元々花柳界発祥で今や良家の令嬢の間でも流行っている。色は白くて、鼻筋が通って、口もとは小さい方ではないが、きりっとしまっていて悪くない。顔のつくり一つひとつ完璧とまでは言えないけれど、声が細くて涼しげ、表情が愛嬌にあふれ、身のこなしがイキイキとしているので、眺めていると気持ちが良い。

美登利の可愛らしい姿がはっきり目に浮かぶ。彼女のファッションは今と大きく違うものの、若者特有のキラキラ感が伝わってきて、古めかしさはゼロ。美登利とその友達のたわいもない会話を読み進めていくうちに、私たち読者の脳裏にも記憶の彼方に封印された自分たちの子供時代がうっすらとよみがえる。

さらに、美登利という活発な美少女を想像しようとすると、王朝文学のページに出てくるもう一人の愛くるしい女の子を思い出さずにはいられない。

〔……〕中に、十ばかりにやあらむと見えて、白き衣《きぬ》、山吹などのなれたる着て、走り来たる女ご、あまた見えつる子供に似るべうもあらず、いみじく生ひ先見えて、美しげなるかたちなり。髪は、扇をひろげたるやうに、ゆら〳〵として、顔はいと赤くすりなして立てり。

【イザベラ訳】

（遊んでいる子供たちの）うちに、10歳くらいだと思われる女の子がいて、彼女は白い下着に山吹がさねの着慣れたものを身に着けてダッシュしてきた。他の子たちと比べられないほど、美人になるだろうと将来が楽しみ。髪の毛が扇子を広げたようにゆらゆらして、顔は手でこすって赤くなっている。

こちらは『源氏物語』第五帖、光源氏の理想の女こと、若紫の初登場である。身体を動かす習慣のまったくなかった平安貴族の話なのに、元気いっぱいで走ってくる若紫の御出ましには光源氏のみならず、読み手もみんな息を呑んだことだろう。

長くてきれいな髪をゆらゆらとさせながら現れる少女。まさに美の典型、これから開花する美貌の予兆がありありと認められる。

二人の少女の共通点は長くてきれいな髪の毛だけではない。『たけくらべ』の美登利は、柿色の地に白で大きな蝶や鳥の模様が描かれた浴衣を身に着けている。それはまったく同じだとは言えないまでも、若紫の召し物の色の組み合わせのニュアンスを踏襲している。ダッシュしてくる姫君と男の子たちを束ねる女王さま的存在の美登利、その利発さも似ている。

ちなみに、美登利の人物像が若紫にインスパイアされているというのは私の妄想だけではなく、作者本人も作中で二人の少女を引き合いに出している。

それは信如が美登利の家の前を通りかかった際に、彼の下駄の鼻緒が切れてしまう話が書かれている『たけくらべ』の第十二章。

会話が一切なく、幼い二人の微かな心の動きが絶妙に描かれる見せ場だ。美登利が住んでいる大黒屋の別荘の描写のなかで、「今にも若紫が障子を開けて出てきそうな雰囲気だ」というような記述がある。そしてその直後に、美登利本人が出てくるのだ。そのことからも作者が紫式部の筆から生まれた人物を下敷きにしていることがわかる。

だがしかし。エレガントに流れる一葉の言葉につられて、忘れかけた風景の残像や古典文学のヒロインの輪郭を追いかけている私たちは、ふとしたときに気がつく。美登利の状況は若紫のそれとは大きく異なるということに……。

若紫は父親に疎まれて、洗練された都から離れたところにひっそりと暮らし、光源氏に引き取られてからも、それなりに苦渋を飲まされる。とはいえ、彼女は藤壺宮の親戚、身分は高いばかりではなく、品も良くて美人で、魅力にあふれている。光源氏の浮気にもがき苦しむことがあろうとも、生活に困ることはない。それに対して、美登利は厳しい運命を強いられて、絶対に逃げられない立場にいる。

彼女の姉が身売りされたときに、品定めにきた大黒屋の主人が、まだほんの子供でしかなかった美登利にもツバをつけた。両親もそれを承知の上で二人の娘を連れて上京しているわけだ。

その事実は美登利が初登場するときに軽く説明されているから、物語を通して彼女の姿を追っている私たちの頭にこびりついて離れない。信如に対して恋ともまだ言えない、得体の知れない感情を抱くときも、長吉と言い争っているときも、正太郎と仲良くしゃべっているときも、待ち構えているつらい将来が、彼女の日常に暗い影を落とす。

『たけくらべ』は美登利の人生の前編、限られたわずかな純粋な時間が封じ込められているからこそ、読み終わったときに切なくて甘酸っぱい後味が残る。ちらちらと持ち出される貴族プリンセスのイメージも、文体から醸し出される窈窕《ようちょう》たる雰囲気も、美登利が置かれているつらい状況をなおいっそう際立たせる。雅と俗、背反する二つの世界のコントラストは物語の原動力となり、それに惹きつけられて読者は新たな世界へと誘われる。「雅」の部分は磨き上げられた、独特の文体によって表現されている。それ故、現代語訳に逃げてはなりませぬ……。古めかしい文体がなす魔法が解けた瞬間に、大きな出来事がほとんどない物語は一瞬にして魅力を失ってしまうのだ。むずい、むずい……とつぶやきながら注釈に頼って読むしかない。

最後に、美登利は他の子供たちと遊ぶのを次第にやめて、ふさぎ込んでいく。その原因は明らかになっておらず、「初潮」もしくは「初夜」を迎えたのではないかという二つの説が有力。いずれにしても美登利は自分が女になっていくことを意識し、無邪気な子供の世界を卒業する直前に物語は幕を下ろす。

だが、私は思う。美登利の存在は『たけくらべ』から飛び出して、その前後に発表された他の小説の中で様々な人生を歩み出しているのではないか、と。

美登利的な女が歩んでいく様々な人生

1895年9月、「文藝倶楽部」にて『にごりえ』が発表される。

主人公のお力は銘酒屋「菊の井」というところで働く女性。今でいうとホステスのような立場の人で、食事に来た客を接待するのが仕事だ。つまり美登利の大人の姿がそこにある。

あらすじは極めてシンプル。お力はかつて源七という男と恋仲だったが、彼はお金の余裕がなくなって二人は別れる。しばらくして、お力は結城朝之助と知り合い、少しずつ心を開いていく。その一方で、源七はお力のことを忘れられず、彼女が原因で妻と喧嘩を繰り返し、やがて妻は子供を連れて家を出る。その後、源七とお力が一緒に歩いているのが目撃された夜、お力は源七の刃によって無理心中の片割れとなって死ぬ。何の前触れもなく、突然。

一言でいうと、『にごりえ』は酌婦の人生のつらさを見せてくれる物語である。

　おい木村さん信《しん》さん寄つてお出《いで》よ、お寄りといつたら寄つても宜《い》いではないか、又素通りで二葉《ふたば》やへ行く気だらう、押《おし》かけて行《ゆ》つて引ずつて来るからさう思ひな、ほんとにお湯《ぶう》なら帰りにきつとよつておくれよ、嘘つ吐《つ》きだから何を言ふか知れやしないと店先に立つて馴染《なじみ》らしき突《つッ》かけ下駄の男をとらへて小言《こごと》をいふやうな物の言ひぶり、腹も立たずか言訳しながら後刻《のち》に後刻にと行過《ゆきすぎ》るあとを、一寸《ちょっと》舌打しながら見送つて後《のち》にも無いもんだ来る気もない癖に、本当に女房もちに成つては仕方が

ないねと店に向つて閾《しきゐ》をまたぎながら一人言《ひとりごと》をいへば、〔……〕

【イザベラ訳】

「おい、木村さん！　信さん！　遊びに来てよ〜！　寄っていくと言ったのになんで約束通りこないのよ！　どうせここを素通りして二葉かどっかのお店に行くつもりだろう。無理矢理引き戻してくるよ、承知しないからねぇ！　本当にお風呂に行くなら帰りに寄ってよ。いつも嘘ばっかりだからね、お前らは……」二人の男は馴染み客らしい。お店の前を通っているときに、女から小言を言われても、まったく気にせず、あとで行くよと軽くあしらって、過ぎていく。舌打ちして見送ったあとに「よく言うよ、来る気ないくせに。結婚しちゃうとそうなっちゃうね」と独り言をつぶやきながらお店に入った。

『たけくらべ』は、作者の住まいから吉原までの道のりの描写から始まって、読者が物語の舞台へとゆらりと案内されていく。それに引き換え、『にごりえ』は、主人公のお力の同僚ホステスが呼び込みをしているところで突然動き出す。

積極的に男を誘惑しようとしているその女性は「白粉《おしろい》べつたりとつけて唇《くちびる》は人喰ふ犬の如く」と描写されており、そのイメージだけで彼女らが置かれている環境の厳しさが痛いほど伝わってくる。男を利用して、男によって利用されるという悪循環の中で生きる女たちなのだ。

小説自体は三人のメインキャラクターを中心に紡がれていくけれど、愛や嫉妬などという感情に比べて、それぞれの人物が抱えている苦悩の方がフォーカスされている。源七はお力のことが好きすぎて最終的に彼女と一緒に死ぬことを選ぶかもしれないが、それよりもうまくいかない人生に疲れているというか、自らのダメさに気づいて耐えられなくなる気持ちの方が断然に強い。今のところはまだきれいで、場末の飲み屋でなら稼げるお力も、やがて待ち受けるであろう暗い将来を恐れている。

心中のシーンがすっぽりと抜けて、その経緯が伝聞になっていることがやはり物語の面白さのカギとなる。その瞬間はブラックボックスのようで、何が起こったのかは、読者の数だけ解釈がある。

それでも……可愛らしくて利発な美登利は、もしかしたら金持ちの男性に見初められて、マダムになることだってまったく不可能ではないはず!! もう少し幸せになれないものか!?

……1895年12月「文藝倶楽部」閨秀小説号に発表された『十三夜』に登場するお関は、遊女でこそないが、育った環境は裕福ではなかった。そんな彼女はそれなりの資産と権力のある人に気に入られて、玉の輿に乗ってめでたくゴールイン。

ところが、お関は男の子も産んで嫁としての役目をバッチリ果たしているのに、旦那の冷酷無情レベルはサイコパス級。結婚七年目のある夜、お関は耐えきれず、無断で家を空けて実家に駆け込み、離婚する気満々でいた。だが、そこで父親に説得されて、夫の家に帰ることになる。

帰る途中で拾った車を引く人はなんと幼馴染で、若いときにほのかな恋心を抱いていた高坂録之助。その彼が自暴自棄の人生を語り、月の光に照らされながら二人がそれぞれの道を歩んで別れる。

つまり、お関が昔心を寄せていた録之助と仮に結婚したとしても、苦労していただろうというのはこの物語から得られる教訓だ。

『大つごもり』の主人公は生活の苦しさゆえに盗難を働き、一時的に助かるものの、罪悪感に苛まれる日々を送り、もっと堕落していくと思われる。『わかれ道』では針仕事でかろうじて生計を立てていたお京は妾になることを決心する……。

……やはり（美登利的な）女は、どっちに転んでも不幸や苦悩がつきまとう。一葉の小説はどれもハッピーエンドどころか、希望の欠片もない。作者もまたわずか十四か月の間にいくつもの秀作を生み出して、24歳という若さであっけなくこの世を去った。貧困に苦しみ、ロマンチックな関係を（おそらく）一度も体験せず、彼女はただただ働いて、ただただ書いた。

しかし、絶望と無力感に満ちたそれらの作品は、哀れな女によって描かれた哀れな女たちの物語として片付けられないと強く感じる。

無名の女たちの小さな革命

一葉の生い立ちを多少知っていると、どうしてもフィクションの背景に作者の私生活を透かしてみたくなる。作品には作者自身の人生に起こっていないであろう出来事が多く語られていても、彼女に限りなく近いところに美登利のような少女がいて、お関やお力のような可愛そうな女がいた、となんとなく想像してしまう。その可能性はもちろん無きにしも非ずだが、それは果たして一葉文学の唯一の拠り所なのだろうか。

『十三夜』が発表された際、日本フェミニズムの代表者とでもいうべき平塚らいてうの評価はあまり芳しくなかったそうだ。特に、仕方なくDV夫のところに戻っていくお関の人物像が気に食わなかったらしく、家族のために自己を犠牲にする女なんぞもう古い、と『青鞜』の立役者は強く批判している。言っていることはごもっともだが、それはあくまでも教養があって、自立している平塚らいてうならではの発言である。

男に依存する女性の心境をあれだけリアルに描いている一葉ご本人も、お関のような人生を肯定していたとは考えにくい。現に、彼女自身は婚約を破棄されても「別に！」という感じで、マイウェイを突き進んだ女である。女戸主になって、自ら商売を始めて、家族を養おうとした彼女は、誰かにすがって生きていくようなタイプでは決してなかったのだ。

そう思うと、一葉文学に出てくる女たちは彼女自身が生きた短い人生の投影ではもちろんなく、さらに感情的なつながりのあった女をモデルとしている可能性も低い。

とはいえ、同時代の一般的な女性はみんな放胆な革命家だったわけではない。世の中綺麗事ばかりじゃ生きられないと身を以て知った一葉だからこそ、優越感に浸ることなく、彼女らを憐れむことなく、お関と録之助の姿を照らす月のように、無名の女たちの足跡を微かな光で照らし続けたのだ。

吉原大門のすぐ近くに「見返り柳」と呼ばれる名所が残っている。

柳そのものは何度か植え替えられていて、場所も多少昔と違うけれど、遊び帰りの客が後ろ髪を引かれる思いを抱きながら、その柳のあたりで振り返っていたことからその名がついたそうだ。

一葉が残した作品を読んでいると似たような気持ちがこみあげてきて、何度も振り返りたくなる。彼女の筆が描いた数々の女性の顔を何度も見たくなる。彼女らが抱いている苦悩に何度も心を打たれる。確かに一葉の女たちは脆くて弱い。白馬に乗った王子様はぜんぜん助けに来ないし、それらしき人物がたとえ来たとしても、だいたい役に立たない。

にもかかわらず彼女の綴ったセピア色の世界には、不思議な生命力がみなぎっている。ごく限られた選択肢のなかで懸命に生きようとする女たちの姿は凛々しく、変わりゆく時代を生きて幸せになろうとするその努力がひしひしと伝わってくる。

　革命を起こしたり、秩序を覆したり、家父長制度をぶっ壊したり……平塚らいてうのようなフェミニストが夢見ていた勇敢な「明治の新しい女」ではないけれど、哀しみに暮れながらも彼女らは悩み、よろめき、葛藤を味わっている。積極的に自由や自立を追い求めるまではとてつもなく長い道のりではあるが、無名な女たちがその小さな第一歩を踏み出してくれたことに勇気づけられる。

　たった24歳でこの世を去った一葉。打ち上げ花火と同じようにいっとき光り輝くような人生だったが、彼女の作品に出てくる女たちの素朴な魅力に惹かれて、私たちは後ろ髪を引かれる思いで、もう一度だけ振り返らずにはいられない。

「親ガチャ」と努力と情熱が揃った天才

円地文子《えんちふみこ》（1905-1986）

三島由紀夫もかなわないと思った女

犯罪生物学の創始者とされているチェーザレ・ロンブローゾによれば、生まれつきの犯罪者は、救済の可能性がないという。現在、彼の理論のほとんどは科学的根拠に乏しいものとして完全に否定されているけれど、十九世紀の間は支持者がそれなりにいた。

骨相学からヒントを得て、ロンブローゾは数多くの受刑者を分析し、処刑された囚人の死体を解剖したりして、最も残虐な犯罪に手を染めていた輩の身体的特徴を洗い出した。そして長年に亘って考察した末、罪を犯す者たちは決まった外見的特徴を持っていて、それを元に人々の素質が見分けられる、という結論に達したそうだ。平たくいうと、犯罪は遺伝する、とロンブローゾは主張したわけである。

その研究結果は、1876年に出版された『犯罪人論（L'uomo delinquente）』にまとめられている。根拠薄弱な見解が多く、苦笑させられる箇所が散見されるものの、今読んでもなかなか興味深い論考だ。

頭が小さい。鼻が少し曲がっている。眉毛が濃い。頬骨が張っている……。鏡に映っている自分の顔を覗き込み、ロンブローゾならどんな判断を下すかしら、と考えただけで背中がゾクゾクする。

ロンブローゾが地道に集めた膨大なデータは、今や推理小説並みの説得力しかない。しかし、狡知《こうち》がもし血潮に混じって体内を駆け回り、はっきりと顔に出たりしていると考えるならば、当然才能も同じようにくっきりと表れているはずだ、と再び鏡を覗き込んでみる。残念ながらそのような兆しはまったく感じられないわ。

先祖代々受け継がれてきた遺伝子には、それぞれの運命がある程度書き込まれているという考え方は、何とは無しにロマンチックである。

自らの運命は授かりものなのか、それとも自分の手で作れるものなのか。それは昔からの命題であり、それぞれの時代や文化が取り組んできた課題だとも言える。

わりと率直でざっくばらん、ほぼ腕力だけを頼りに生きていた古代ローマの人々は、「Homo faber fortunae suae（めいめいが自分の運命の作者である）」だと信じて疑わなかった。運悪く奴隷に生まれてしまった者たちはきっと異議を唱えたいと思っていただろうけれど。

それに引き換え、日本の古典文学は「宿世《すくせ》」のオンパレードである。

見ず知らずの殿方が急に部屋の中に忍び込んできて、関係を迫られた姫君たちは、「前世の縁だから仕方ないわよね！」と口を揃えて言う。光源氏ときたら、そうした「宿世」があまりにも多すぎて、その業の深さを考えるだけで頭がくらくらする。

行動範囲が非常に狭かった古代人に比べて、リソースも選択肢も莫大に増えている我々現代人は、「宿世のせいだもん」なんて言ったらバチが当たる。とはいえ、物事はそう簡単にはいかない。どういう境遇に生まれてくるかは、今も昔もまったくの運任《うんまか》せである。「親ガチャ」という表現はまさにその「運任せ」の状況を表している。

少し前に流行った言葉だが、家庭環境によって人生が左右することを、スマホゲームの「ガチャ」に喩えた言い方だ。そこで自分の親を「ガチャ失敗」と言ってしまうのは如何なものかと思う半面、世の中で起こっている不平等は生まれ育った環境と無関係だとはもちろん言えない。

但し、その与えられた環境をどう活かすかは、また別の問題である。

「日本の古典と私」というエッセイの中で、三島由紀夫先生は次のように述べている。

考えてみると、私が日本の古典に親しんだ機縁は、それほどはっきりしたものではない。たとえば、円地文子さんのように、高名な国文学者である尊父の薫陶の下に、親しむべくして国文学に親しんだのではない。私の家は、内務官僚の祖父、農林官僚の父という具合に、情操の乾いた平凡な山の手の中流家庭であった。祖母が泉鏡花ファンで小説好きではあったが、一家をあげて日本古典に親しむような雰囲気はみじんもなく、また家風も半分ハイカラで、純日本風の奥ゆかしいところはそんなになかった。

三島の古典愛は有名だ。

王朝文学に関する彼の計り知れぬ知識は、処女作の『花ざかりの森』のなかにたっぷりと詰め込まれていて、それ以降の小説においても古典的なモチーフが繰り返し登場している。ちなみに、『花ざかりの森』を書いたとき、三島は16歳そこそこだった。ティーンエイジャーによくぞそんな難しくて洗練された文章が書けたものだ、と尊敬の念に堪えない。

古典エキスパートというレベルをはるかに超えている三島だが、「やっぱり円地文子にはかなわないわ〜」と羨望の眼差しを送っている。

そこで三島のお墨付きを得た、古典マイスターこと円地文子とは何者か？　とまず好奇心をそそられた。高名な国文学者のもとに育った彼女は本当に「親ガチャが当たった」のか、とその運命に思いを馳せてみたくなる。

尊敬する父の背中を追いかけて

円地文子（本名：富美）は1905年に上田萬年《かずとし》の次女として東京に生まれる。

彼女自身は今から四十年ほど前に亡くなっているので、やや昔の人という感じなのだが、その父親となるともはや現代人にとっては歴史上の人物である。

上田萬年は東京帝国大学文科大学（現在の東京大学・文学部）の国語教授で、日本の比較言語学のパイオニアだと言われている人物。一言でいうとハイパーインテリ。しかも素晴らしき頭脳に加えて、上田ファミリーの家長は、社会的地位と名誉もさることながら、金持ちと言わないまでも経済的にも余裕があった。

円地文子の娘、冨家素子が『母・円地文子』というエッセイ集を書いている。題名からわかるように、母親やその周辺の思い出を綴ったものとなっているが、そのなかで祖父の家に遊びに行くときの様子がイキイキと語られている。立派な茶室がついていたり、タイル張りの風呂場が旅館並みに広かったり……大人になったらここに住みたい！　と子供心に彼女は感じたという。

それは昭和に入ってから建てられた小石川の屋敷だそうで、厳密に言うと円地文子が幼少期を過ごしたところではない。とはいえ、住まいこそもう少しつつましかったものの、同時代の一般人に比べたら、リトル文子はかなり恵まれた生活を送っていたと言える。

それなりの財力があっても、上田家の人々は成金趣味では決してなく、洗練された文人の家族といったような具合で、とにかく家中のいたるところが本で埋め尽くされていた。そうしたなか、文子はご飯と文学、とりわけ古典文学をたっぷりと与えられてすくすくと育つ。

円地文子は1959年から1961年にかけて、『なまみこ物語』を連載した。「なまみこ」は「ニセモノ、半人前の神子」という意味で使われており、作中に出てくる偽りの生霊騒動がタイトルの由来となっている。ストーリー全体は、一条天皇の皇后定子の薄幸の人生を描いたものだが、物語はちょうど上田萬年の書斎から始まる。

文子が子供だった頃、家で見た『なまみこ物語』という古本の内容をふと思い出し、記憶を頼りに綴ってゆく。そして、虚構と真実が入り混じりつつ話が展開されていくなか、父親の書斎の様子がくっきりと浮かび上がる。

〔……〕幼いころ二階に上って行くとき、父の書斎の白木の蓋《ふた》のついた和風な本箱や、三尺の畳廊下の陽当《ひあた》りに積まれていた古い本の夥《おびただ》しい層は、今も私の記憶にはっきり残っている。その多くは勿論和本で、薄い袋綴《ふくろと》じの和紙に印刷され、或《ある》いは書写された美しい行書《ぎょうしょ》の本文が見られた。幼女の私にそんな字が読める筈《はず》はないので、私は古めかしい衣裳《いしょう》調度を見る時に感じるような、子供特有の軽蔑《けいべつ》と尊敬の奇妙に入混った好奇心でそれらを眺《なが》めていたが、夏から秋へかけて虫干しをする時には頁《ページ》をひらいたまま座敷一ぱいにひろげてある本の間を飛び歩いて、紙魚《しみ》の食いあとのある丁《ちょう》をばらばらはぐってみたこともあった。

本好きからしてみれば、まるで天国のようだ。

見渡す限り本が積まれていて、しかもそれはそこら辺の本屋さんで簡単に手に入るものではなく、稀覯本ばかりがずらりと並んでいる。

多少脚色されているにしても、萬年の書斎の雰囲気は、『なまみこ物語』において描写されている空間と酷似していたと思われる。まだ文字も読めない少女がそのなかを覗き込んで、自然と文学の世界に親しんでいく姿が目に浮かぶ。

読者もその厳かな空気に呑まれて、少しずつ物語の世界へと誘われる。

作者は実在している作品を引き合いに出しながら丁寧にストーリーを組み立てて、冒頭に『枕草子』や『栄花物語』などから何箇所かを直接引用している。しかし、歴史的事実に基づいた内容かと思ったら、大筋の話は円地文子の想像力が生み出したまったくの架空の物語なのである。

いかにも本当らしく書かれているので、気をつけないと簡単に騙されてしまうが、その「本当らしさ」こそが作品の一番の魅力なのでは、と思う。王朝文学を相当知らないと、絶対に書けない代物だから。

かといって、円地文子は大学などで特別に平安文学を研究したわけではない。

その知識も文学に対する姿勢も幼少期のときに培ったものであり、父・萬年の影響はものすごく大きい。彼女がもしその家庭に生まれてこなかったら、王朝文学に親しみ、心から愛することはなかったのかもしれない。これぞ宿世、三島が絶対に勝てないと思った所以である。

私なんぞ研究者ではないわよ！　と本人は謙虚だが、円地文子はおそらくどの人よりも平安の世界を理解している。わかっているというよりかは、肌で感じているといったほうが適切だ。

宮廷の知られざる裏事情

父の書斎で遊んでいた日々から五十年ほどの月日が流れ、彼女は『源氏物語』の現代語訳に取り組む。その大仕事に勤しむ間、出版元の新潮社の雑誌「波」にて、『源氏物語私見』というタイトルの連載も書いている。

その文章を、作者本人は「随想」と呼んでいるが、指摘一つひとつの鋭さといったらない。当たり前のように書き綴っているのに、本当に目から鱗が落ちるとはこういうことだ！　という気持ちにさせられる。

『源氏物語』のなかでは生霊を飛ばしているのは六条御息所だけだとか、光源氏の正妻、葵上は和歌を詠んでいない数少ない人物であるとか。日々テキストと向き合って緻密な翻訳作業をしないと気がつかないディテールがいっぱい。

たとえば、貴婦人のカネ事情について。

当時の貴婦人は封建時代と違って、自分名義の財産の所有者であり得た。〔……〕しかし、実際には当時の貴族女性は自分が財産を管理するように育てられていなかったので、しっかりした後見人がなければ、土地なども不在地主として、自然にその権利は他へ移って行った。末摘花がひどい困窮におち行くのも、恐らくそういう管理能力が皆無だったために所領からの収入などあり得なかったためであろう。

90年代終わりから2000年代にかけて放送されたアメリカのドラマ、「セックス・アンド・ザ・シティ」。主人公であるキャリーの主な収入源はメジャーでもない新聞での連載コラムのみ。それで貧乏極まりないかと思ったら、彼女はマンハッタンに住み、デザイナーシューズを片っ端から買い込んで、ほぼ毎日外食するようなゴージャスなライフスタイルを楽しんでいる。どうやって生活しているの⁉　とこのドラマシリーズを観た人は誰もが思ったはずだ。

言われてみれば、『源氏物語』の女たちも、まさに「セックス・アンド・ザ・宮廷」と言ったようなグラマラスな日々を送っている。貴族と言えども、一体どこから収入を得ているのか、と疑問に思う。朝から晩まで歌を詠んで恋人を待ちわびて、仕事をしている素振りを見せている者は誰一人いないのはもちろんのこと、そもそもお金の話は一切出てこない。円地文子に言われるまで、そんなことにぜんぜん気づかなかった。

面倒を見ている男がどこかにいたのか！　父親、兄弟、夫など……彼女らの優雅な生活は男なくして成立しなかったわけだ。

円地文子の鋭い指摘はまだまだ続く。

姫君や未亡人は後ろ盾になる人がいないと大変なことになるけれど、六条御息所に限ってそんなことはない。後見役はまったく存在しないのに、彼女は豪華な屋敷に住み続けて、経済的に余裕たっぷりである。

御息所は他の女性と違って優れた管理能力もあったというのは、円地文子の見立てだ。そう思うと、教養も美貌も実践的なスキルも何もかも完璧に備わっている女性だからこそ、恋に破れていく彼女の姿がますます切ない。こういった様子を話にさりげなく織り込んでいる紫式部はやはり天才的な語り手であり、物語の奥底に隠されたヒントをすかさず掬い上げられる円地文子もまた素晴らしい作家である。

『源氏物語私見』はあまりにも面白すぎて、かなり長い余談になってしまった。ぜひくまなく読んでいただきたい一冊だが、円地文子の生い立ちに話を戻そう。

舞台の裏で、恋をする

文子が文学と同じぐらい熱中したのは、舞台だった。

両親や父方の祖母の影響もあり、彼女は幼いときから浄瑠璃や歌舞伎など、いろいろな作品を鑑賞して、次第に脚本家になる夢を見始める。

劇作家志望の決意が決まると、あまり馴染めなかった日本女子大学付属高等女学校を中退して、自分が好きな勉強だけに集中することを決めた。一流の教師をつけてもらって、英語とフランス語を学び、イプセンをはじめ、翻訳戯曲も思う存分読み漁《あさ》った。やはり恵まれた家庭のお嬢様でなければなかなかできない生活なのである……。

学校教育に人生を捧げた父・萬年は愛娘が中退したことをもちろん喜ばなかったが、学校は学問を極める唯一の道ではないと理解していた人だけあって、そこまで反対もしなかったそうだ。

今や円地文子というと、名高い『源氏物語』の現代語訳、もしくは『女坂』や『女面』などといった生々しくて、ドロドロした小説を思い浮かべる人が多い。ところが、それより先に、彼女は劇作家として創作活動を開始している。

21歳になる頃には、演劇雑誌にて作品を発表し、少しずつ注目を浴びる。それ以降、文子は精力的に執筆に勤しみ、劇団関係の人々だけではなく、平林たい子など、いわゆるプロレタリア文学に関わっていた錚々たる面々とも親しくなっていく。

観客側に座っていると、舞台裏はなんとなくパッションに満ちた場所に思えるものだ。楽屋を行き交う若き女優さんや俳優さん。自分の恋人を作品の主人公にしたり、モデルにしたりする演出家たち。薄暗い部屋で台本を読み合わせたりしているうちに距離が縮まってゆく素敵な男女。夢想家が集まる当時の文人サークルも刺激的でロマンチックなところだっただろう。（大抵売れていないが）魅力溢れる作家さん。政治を熱く力説する若者たち……。まあ概ね空想だが、舞台や文学は恋、特に道ならぬ恋を育みやすい環境なのでは、と勘ぐってしまう（私のような）素人は多い。

そのせいか、我らが円地文子もつい甘〜い罠に引っかかってしまうのではないかと心配になる。青春と文学と革命……。考えるだけでなんだかワクワクしてくる。

娘・冨家素子がエッセイにおいてその知られざる過去について言及しており、ゴシップ好きには見逃せない内容となっている。

> 先日、母が六年ほど前に出演したテレビの「徹子の部屋」のビデオを見ていたら、母は上田さんの家の不良少女と世間で言われていたと自ら話していた。
> 「不良と言うほどの事は何もしていませんでしたね。」
> と母は言っていたが、当時の世間の常識とはそんなところだったのだ。だから家

にいては窮屈で、何としても外に出て自由になりたいと母は思った。無断で家出をして親を悲しませるよりは、結婚するのが一番良い手段だと考えた。それに母は後に告白しているが、その頃、妻子のある男性と交際していた。

「戦前は姦通罪があって怖かったのよ。見つかると手が後ろに回るのだから。」

と母は言っていた。そんな事情も色々考えて、見合いをしても良いと母の方から言い出したのである。


文子ちゃんがそんなやんちゃだったとは……意外な発見だ。

手元に、彼女が書いた小説の文庫本を何冊か持っている。

その部分に作者のポートレートが印刷されているけれど、写真はどれも似たり寄ったりだ。着物姿にメガネ、少し緊張した表情、いかにもインテリふうな感じ。しかし、平然たる雰囲気を醸し出しているそのおばさん（失礼）のすました顔の裏には、マグマのような情熱が隠されていた。

近代の女性作家が歩んだ人生について調べていると、つい忘れてしまいそうになるが、やはり彼女らが生きた日本は今ほど開放的ではなかったし、女性は特に束縛が多かった。

それにもかかわらず、若き文子は自らの道を切り拓こうとして、ペンを振りかざしながら積極的に自分の声を発した。なんて華やかな存在だったのだろう！　１９２０年代後半頃から劇団に入り浸る箱入り娘は、派手な恋にまで身を投じてしまって、まるで怖いもの知らずだった。

良妻賢母以上モダンガール未満という選択

そうは言っても、上田家の屋根の下にいる限り自由はあまり利かない。文子自身も左翼思想に興味を持ったり、婚外の恋をしてみたり、当時の知識人の娘がやらなさそうなことに挑戦しても、やはり常識に逆らえるほどの度胸はなかったかもしれない。

そこで良妻賢母以上モダンガール未満の文子がたどり着いた結論は見合い結婚だ。お相手は新聞記者の円地与四松《よしまつ》、二人は1930年にめでたくゴールイン。

え⁉ もっと派手な恋をするかと思ったら、あっさり諦めちゃうの⁉ と少しがっかりだが、明治生まれの女性は家を出る方法がそう多くはなかった。

一旦結婚してしまえば、後は夫と別れて、自立した女性になればいいというのが、本当の目論見だったらしい。ところが、その計画は見事にポシャってしまう。

実際に結婚してみると、直面しなければならない現実は思ったより厳しかった。当時の文子は劇作家として活躍していたと言っても、独り立ちができるほどの経済力はぜんぜんなかった。そして、結婚して一年後に、彼女は妊娠した。長女が生まれると、離婚したいなんて、ますます切り出せなくなる。

そのような理由で、別れたいのになかなか別れられない状況に陥って、夫が1972年に逝去するまで、文子は離婚せぬままだった。円地夫妻の仲の悪さは周知の事実だったそうだが、とにかく最後まで我慢。

結婚してから長女が幼い間の数年間、文子がペンを執る機会はめっきり減る。新しい生活に慣れる必要があったのか、自分探しの時期だったのか、いずれにせよ彼女の執筆活動には小さな空白がある。

その後も乳腺炎や子宮癌を患い、肉体の受難に見舞われる。さらに戦争も始まって、生活はどんどん苦しくなっていく一方だ。しかし転んでもただでは起きない文子。

負のエネルギーを想像力に変えて、人生の後半に入ってからは小説家に転じて文壇において自らの位置を確立していく。トントン拍子に進んだ劇作家のデビューに比べると、小説家としての活動は思い通りには進まなかったものの、一旦エンジンがかかると、『二世の縁　拾遺』、『女坂』、『女面』、『なまみこ物語』など、代表作を間断なく発表。さらに1972年にライフワークとでもいうべき『源氏物語』の現代語訳の刊行が開始された。よーし！　来たぜ！　って感じ。

ぬくぬくと育った文子だが、親元から離れて以来、試練や苦労が絶えなかった。山あり谷ありの人生だったせいか、彼女の文学を一言で表すとしたら、私は迷わず「怨念」という言葉を選ぶ。

父親から受け継いだ古典的教養と自らの人生経験を土台にして、彼女は妖艶な文学世界において、抑圧された女性の深層に秘められている「業」、「妄執」、ネチネチとした「怨毒」を見事にえぐり出していく。言ってしまえば、文子の描く女たちはどれも光源氏をビビらせた六条御息所の化身のような人物ばかりだ。怖いと思うと同時に、よく言ってくれたぞ！　と応援したくなる。

女性独特の執着心にフォーカスした作品が多いなか、やはり『女坂』は最も円地文子らしい作品の一つであり、怨念の賜物だ。

怨念文学爆誕

『女坂』は1949年から八年の間に断続的に雑誌掲載され、1957年に一冊の本として出版された。時間がかかっている分、様々な思いが凝縮されており、文庫本だと二百五十ページにも満たないが、一ページごとの内容がどっしりとのしかかってくる。

ときは明治初期。栃木県庁で大書記官という要職を務める白川行友は、妻の倫を東京に行かせる。その理由はズバリ自分の愛人をスカウトさせるためである。

白川倫《とも》が九つになる娘の悦子と女中のよしをつれて、久須美の家の前に俥《くるま》から降りたったのはそれから一時間ばかりたった後であった。〔……〕縞《しま》ものに黒縮緬の五つ紋の羽織をどっしり着て、衣紋《えもん》つきのいい撫肩《なでがた》の胸を少しそらせるようにして坐っている倫の様子には四、五年見ない中《うち》に、めっきり官員の奥さんらしい容態が具《そなわ》っていた。

簡潔で透明感のある文章とは裏腹に、こちらはかなり陰気な場面になっている。明治時代の話とはいえ、妻に自分の愛人を探させる夫とは、なんて残酷なんだ……。最終的に選ばれるのは15歳の須賀という名の女性。家族が営んでいた店が倒産したので、彼女は妾として売られる身となった。

衝撃的すぎて、読んでいると息が止まりそうなシーンがかなり多いが、倫が夫と須賀を引き合わせるところはかなり印象的だ。女性の立場からして、不愉快すぎて、胸糞悪くなる。

須賀の立った後を見送って倫は口重く夫の顔を見た。霞ませた瞼の下で白川の瞳《ひとみ》が暗い水のゆれるような光を湛《たた》えている。それは白川がこのもしい女へ動き出す時の顔であった。倫は若いころの身も世もなくうれしかった自分の経験と共に、幾度となく血肉《ちにく》が蛆《うじ》に変ってゆくような不甲斐《ふがい》ない苦しさで、他の女に動いてゆく夫のその眼色を見ることを余儀なく強《し》いられている。

血肉が蛆に変わるなんて、凄まじい表現だ。

妻の自分は完全にアウトオブ眼中、夫は若くて可愛い娘にしか目がない。そんな人の隣にいて生活をしないといけないなんて生き地獄だ。

文壇に君臨していた明治の文豪たち、女心をわかろうとしない男どもがこのような文章を書くなら仕方ないけれど、作者が女性であることにまず驚かされる。現実をありのままに捉えているところは痛々しい。安っぽい同情とか、お涙頂戴的なそぶりは一切ない。

須賀で満足してくれればまだ良かったのに、行友は由美という小間使とも（ほぼ強制的に）関係を持ち、しまいに息子の嫁である美夜にも手を出してしまう。

こうして『女坂』に示されているのは、女を品物として扱う男性社会の価値観だ。権力のある人は大きい家に住み、美味しいものを食べて、思う存分人生を謳歌する。そして多くの女は、たとえ物として扱われようと、そのロジックに従って、権力者にすがって生きていくしか道がない。

その世界のなかで、最も価値の低い存在はやはり「妾」と呼ばれる女たち。その一人である須賀の内面についてはほとんど触れられておらず、彼女の感情、彼女の魂自体が置き去りにされているように思える。しかしぞんざいに扱われているのは須賀だけではない。『女坂』に出てくる女たちは多かれ少なかれ、家父長制度の犠牲者であり、根本的には大差がない。

だからなのか、須賀、由美、美夜、あるいは主人公の倫、行友のわがままに付きあわされる四人の女性の中には本物の悪役がいない。女たちは不憫で、それでも可愛くて気丈で魅力に溢れている。作者はそれぞれの人物に過酷な運命を与えているが、彼女らを責めることなく、むしろ見守っていく。それに対して行友とその息子のクズっぷりよ！

苦労と我慢が絶えない倫の人生、年老いても大学生となった孫たちの後始末に悩んだり、休む暇はない。「私の生きて来たすべては空しい甲斐《かい》のないものだったのだろうか。いやいやそうではないと倫は強く首を振」り、彼女は重い足を引きずりながら、家の近くの坂を上っていく。その有名なシーンにたどり着くと、読んでいて思わず悔し涙が零れる。

しまいに、倫は一回り年上の夫より早く死の床に就く。もう終わりが近いと感じた倫は、親戚に看取られて、次の言葉を言い放つ。

「豊子さん、おじさま（行友のこと）のところへ行ってそう申上げて下さいな。私が死んでも決してお葬式なんぞ出して下さいますな。死骸《しがい》を品川の沖へ持って行って、海へざんぶり捨てて下されば沢山でございますって……」

夫と同じ墓に入りたくない、ゼッタイ！　……そう思った明治の女性はどれほどいたのだろうか。現世はもう仕方ないが、せめて「あの世離婚」でもしたい気持ちはすごくわかる。

　この言葉は主人公の倫の最初で最後の反逆の意味を持ったものである。呪い殺したい、それと同時に自由になりたい……倫の心の中ではその二つの激しい感情が揺れ動く。読み進めれば読み進めるほど怨念がふつふつと湧き上がってくる。

『女坂』は作り話ではなかった

　倫は実際何も行動を起こしていないし、反発もしていない。言ってしまえば、彼女は平安時代の日記や物語に出てくるようなヒロインと同じように、人生がすぎてゆくのをただ待つだけだ。

　おそらく円地文子が最も語りたかったのはそれだった。誰も語ってこなかった女たちの話、今まで胸中に秘められてきた数々の秘密。男性に抑圧され続けた長い歴史。それは現代の私たちにとって理解しがたい感情であると同時に、男女関係は今も昔も複雑だ。まあでも所詮作り話だし、と頭を駆け巡る思いに蓋をして、とりあえず胸をなで下ろしていると……『女坂』は作り話ではない!!　という衝撃の事実にぶち当たる。

小説は円地文子の母方の実家に起こった出来事をもとにしたものだ。出てくる人物たちもほとんど実在している。しかも、それだけじゃない!!

作者の娘はその謎をさらに解き明かしてくれている。


〔……〕母と荒木夫人が祖母を囲んでの事だから、話は自然村上家の思い出などが多くなる。後に母が書いた小説、「女坂」の材料に良い話を沢山聞いたのだろうが、ある日荒木夫人が何気なく話した事は、母が「女坂」を書く上に重大なヒントを与えた。それは、村上の曾祖母がもう重体で、親戚の女の人達が交代で曾祖母の枕元に付き添っていた時のことである。その時丁度荒木夫人ともう一人誰かがいたそうだ。今はみな故人になってしまって確かめようもない。曾祖母の意識ははっきりしていて、荒木夫人に、

「私が死んだら立派な葬式等いらない。骨は品川の海へ捨ててほしい。これは私の遺言だから、必ず主人に伝えるように。」

と言ったそうだ。

この恐ろしい話は、文子はもちろん、その母親も初めてその場で聞いたという。そこでやはり思う。祖母の最後の言葉がなかったら『女坂』も生まれてこなかったのかもしれない。もしくは読者の記憶に残るストーリーにならなかったのかもしれない。その事実を知った上で、もう一度ページをめくってみると、ふつふつと煮込まれた怨念、長年たまりまくった怒りがさらに強く感じられて、自分まで何かに取り憑かれているような気がしてくる。

ところで、個人的な思い入れがあれど、円地文子はなぜ戦後の昭和という時代に明治の主婦の人生を小説にしようと思ったのか、という疑問が残る。

そこには作品が書かれたときの歴史的背景が関係していると思われる。

戦争の間に男がいなくなった日本で、女たちはそのときまで与えられていなかった仕事を体験することができて、長期不在の家長の代わりに家族を支えた。外に出て働き、経済活動にも積極的に参加した女性も多く、太平洋戦争をきっかけに女の地位が確実に変わり始めたのだ。そうしたなか、女性が抑圧されてきた古い歴史を捨てて、すべてを忘れたいと思うのは自然な流れだ。

女たちが自立していく環境が整いつつあるのに、過去を振り返って、倫のような女性の人生を語るのは、一見時代錯誤の選択に見える。しかし、一新《いちしん》紀元《きげん》が待ち望まれるときにこそ、作者は古い時代から脈々と伝わってきた怨念を晴らしてその気持ちを踏み台にしたいと思ったのではないだろうか。

倫と同じように苦しみに耐えた人々の息づかい、歴史の移り変わりに呑まれてしまいそうだった彼女らの「ひそひそ話」に耳を傾けながら、円地文子はこれまでの女性が歩んできた「女坂」を記録して、未来へと伝えたかったのではないかと私は思う。

作品に込めた思いについて作者自身は次のように語っている。


私は、この小説を書いている間、「過去の女の生きた道」という意味で絶えず「女坂」という言葉を耳もとにささやかれつづけていたように思っていたが、そのことと、作品の中に坂道を描こうと思ったこととは全く関連がなかった。

「女坂」の主人公倫《とも》が、既に死病にとりつかれている衰弱した身体で電車道から家に近い坂道を雪の降る中を重い足を引きずって登って来るところを書きながら、私は何度か彼女と共に立ちすくみ、彼女と共に切ない息を吐いた。彼女の肩の凝りも、胸の息ぜわしさも、おもりのついたような足の重たさも、彼女だけではない私自身のものであった。

倫の物語は文子の物語と重なり、ときには私たち読者の物語になっていく。気がつくと、言葉の一つひとつが心にズドンと響く。

ちなみに、年老いた倫が登っていく坂、『女坂』の名シーンに登場する場所はちょっとした不思議な謎に包まれている。

作品の後半部分の舞台は、東京の外神田の警視庁の官宅と品川御殿山付近となっているが、例の坂は品川の海に面した高台に登るものである、と作者は言う。ところが、「朝日新聞」連載記事取材のため再度現地を訪れた際に、文子は幻滅を味わうことになる。

今度、もう一度その坂道をさがそうとして、駅に近いあたりをいく度か往来してみたが、心覚えした辺りはすっかり道の様子が変って、コンクリートの建物や新しい邸宅が両側に建並び、数年前までなつかしい面影をとどめていた古い坂道は全く亡び去っていた。

作者はとうとう『女坂』の舞台と再会を果たせず、場所自体が消え去った落胆が色濃く語られている。しかし、重たい足でそこを歩いた女性の物語は消え去ることはなく、円地文子の言葉を通して語り継がれていくことになるだろう。

そこにたどり着くまではとてつもなく長い道のりだったが、歩くべくして歩いてきたただらだらと上がっていく坂道。曲がりくねった道筋こそ前世からの因果、本物の宿世なのかもしれない。

「エフォートレス」な語り部として生きる

向田邦子《むこうだくにこ》（1929–1981）

電話のない家族の不思議な日常

私は1980年生まれ、いわゆるアラフォーである。老体とは言わないまでも、若くはない。とうとう人生の折り返し地点を迎える年頃だ。えっ⁉　いつの間にこんな歳になっちゃったの、自分⁉　というのが率直な感想だが、出生証明書は嘘をつかない。年齢をごまかしても何の得にもならないし、隠しごとは減らしておいたほうが何かと楽だし、潔く受け入れるしかあるまい。

歳が歳だけに、インターネットや携帯電話のない世界をバッチリと覚えている。カセットテープをウォークマンに入れて音楽を聴いたり、録画ができなくなるまでビデオテープを使いまわしたり、分厚いパソコンで作成したデータをフロッピーディスクに保存したり。若かりし頃の日々はそんな感じだった。育った環境が多少違っていても、同世代はみんな似たり寄ったりだ。ところが、私が小学校に上がるまで、家に固定電話がなかったという話をすると、かなりの確率で白い目で見られる。

80年代ともなれば、家の固定電話はどの国でも当たり前のような存在になりつつあった。その姿が我が家になかったのは、経済成長がだいぶ遅れた地域に住んでいたからでもなければ、電話線を引くお金を惜しんでいたからでもない。ただ単に私の父は今も昔も電話が大嫌いなのだ。

同じマンションに住むおばさんと仲が良く、彼女が緊急連絡先になってくれていた。親戚や父の仕事場から電話があると、彼女がわざわざ階段を上がって呼び出しにきてくれていたっけ。まるで昔の香港映画から切り取られたワンシーンのような光景。というか、今思うと、とんだ迷惑である。

こちらから連絡をするときは、公衆電話を使っていた。よっぽどのことがない限り、電話はまとめて週一回、土曜日の午後。

私と弟にとって、それは小さなイベントのようなものだった。家族四人で父が運転する白いフィアットパンダ（いかにもイタリアらしい……）に乗り込んで、アパートから二十分ほど離れている街の中心地を目指して出かける。広場の近くに車を停めて、散歩がてら公衆電話ホールという場所を訪れるのがそのときのお決まりコースだった。

入口がいつも開けっ放しになっていたある商業ビルの一階に、いくつかの電話ボックスが設置されていて、テレフォンカードが購入できる窓口もあった。当時ですら利用者はまばらで、がらんとした寒々しい空間だったけれど、私たち姉弟はそこに行くのをとても楽しみにしていた。弟と受話器を取り合って、ドキドキしながら謎の機械の向こうから聞こえてくる声に耳を澄ませたことを鮮明に覚えている。

母の堪忍袋の緒が切れたのは、私が小学校に通い始める少し前だ。

個人情報だだ漏れの連絡先一覧が保護者全員に配られ、そこに電話番号の記載がなかったのは我が家だけだった。娘の名前の隣に、赤い「×」が書かれているのを見た母はいたたまれない気持ちになり、依然として嫌がっていた父の言い分をはねつけて、その日のうちに契約を結んだそうだ。イタリアは原則夫婦別姓だが、現在に至るまで、電話線の契約はずっと母名義になっている。

父のその理不尽なこだわりは今もなお健在である。携帯電話はもちろん持っていないし、基本的に電話口に出たがらない。理由は本人にもうまく説明できないらしい。

家族同士のこういうちょっとした思い出は誰にでもあるはずだ。それは不思議な力を持つもので、内輪話でありつつも、その内容はどんな人とでもわりと簡単に共感できる。

作ってもらった料理、連れて行ってもらった場所、買ってもらったおもちゃ、未熟だった両親のちょっぴり恥ずかしい失敗。たとえ他人の話でも幼少時代のことを聞かされると、無性に懐かしい気持ちがこみあげてくるのだ。

その不思議な力を活かした自伝的な文学作品はたくさんある。しかし過去に対する感傷的な思慕を想起させるとなると、向田邦子の右に出る者はいないだろう。

向田文学の中では、ダイヤル式の黒い固定電話や薪をくべて沸かす風呂、食卓を中心とした賑やかな茶の間の風景が度々登場する。そしてその舞台を駆け回るのは、口下手なお父さん、聡明で優しいお母さん、やんちゃでよく食べる兄妹、気難しい祖母、お節介な近所の人々……。まさにザ・昭和だ。

彼女が飛行機事故に遭ったのは、1981年、昭和56年。令和どころか、平成に突入する前に亡くなったということになる。当然、残されたエッセイや小説にはSNSやリモートワークなどは一切出てこない。昭和期の光景がそのまま映し出されている。

懐かしさは万国共通か？

出版社勤務を経て、放送作家としてラジオやテレビで活躍したのち、向田邦子は随筆家・小説家へと転じていった。1980年に初めての短編小説である『思い出トランプ』収録の「花の名前」、「かわうそ」、「犬小屋」で第八十三回の直木賞を受賞し、本格的な作家活動に入ろうとしていたときに、惜しくも命を落としたのである。

16歳で終戦を迎えた向田邦子は間違いなく「古い」人間だ。とはいえ、その突然の死から四十年以上が経ってしまっている今でも、彼女の言葉や物語は色褪せることなく、人々の心に響き続けている。老若男女を問わずファン層の幅が広くて、信望が厚く、その人気ぶりは衰えを知らない。終始一貫した温和な写実表現の作風が特徴的で、「昭和の息づかい」に寄り添いながら、家族または男女の心の機微を絶妙に描いた書き手として現在でも高い評価を得ている。

たとえば、代表作の一つである『父の詫び状』。収録されているエッセイ、「子供たちの夜」の中に以下の文章がある。


子供にとって、夜の廊下は暗くて気味が悪い。ご不浄はもっとこわいのだが、母の鉛筆をけずる音を聞くと、何故《なぜ》かほっとするような気持ちになった。安心してご不浄へゆき、また帰りにちょっと母の姿をのぞいて布団へもぐり込み夢のつづきを見られたのである。

記憶の中で「愛」を探すと、夜更けに叩き起こされ、無理に食べさせられた折詰が目に浮かぶ。

つきあいで殺して飲んできた酒が一度に廻ったのだろう、真赤になって酔い、体を前後にゆすり、母や祖母に顰蹙《ひんしゅく》されながら、子供たちに鮨や口取りを取り分けていた父の姿である。


昭和時代のサラリーマンの典型的な家庭の形が丹念に描かれている。

「ご不浄」はもはや死語に等しいし、センサー付き照明が当たり前になっている昨今では、真夜中のトイレに行くのもぜんぜん怖くない。現代家庭の居間を覗いてみたところで、鉛筆を削る母親の背中はまず見つからないだろうが、それにもかかわらず私たちはこの文章を読んで、何気なく親しみを覚えて、「懐かしい」と思う。向田邦子はセピア色の情景を蘇らせる腕前がピカイチだからだ。

『父の詫び状』を読むにつれて、描かれている空間は郷愁の漂う色合いに染められてゆき、写真を見せられているかのようにリアルだ。想像のなかで辺り一面を見渡すと、今や誰も使っていないモノたちがそここに点在しているのが目に浮かぶ。テレビドラマで使われているセットと同じく、要素の一つひとつが細かくアレンジされていて、スポットライトがちょうど良いタイミングでそれらを照らし出す。暗くて長い廊下、かすかに聞こえる音、恐る恐る歩く小さな子供……夥しい数のテレビドラマの脚本を手がけただけあって、雰囲気づくりは抜群なのである。


または「昔カレー」と題された素敵なエッセイ。


カレーライスとライスカレーの区別は何だろう。

カレーとライスが別の容器で出てくるのがカレーライス。ごはんの上にかけてあるのがライスカレーだという説があるが、私は違う。

金を払って、おもてで食べるのがカレーライス。

自分の家で食べるのが、ライスカレーである。厳密にいえば、子供の日に食べた、母の作ったうどん粉のいっぱい入ったのが、ライスカレーなのだ。

すき焼や豚カツもあったのに、どうしてあんなにカレーをご馳走と思い込んでいたのだろう。

台所にカレーの匂いが立ち込める。ウキウキしてご飯の時間を待つ子供たち。お店などでは食べられない、独特のレシピだからこそ感じられる「家庭の味」。裕福ではなくても優しい雰囲気に溢れた家族の姿が、娘の素直な目を通してみずみずしく表現され、気がつくと、こちらまでが子供のとき大好きだった、母の作る料理のことが思い出されるのだ。

私の場合はマッシュドポテト。添え料理なのに、メインの肉をそっちのけで、ポテトだけを何度もお代わりしていた。クリームのようななめらかさ、口に入れるとすぐにふわっと溶けてしまう。柔らかすぎるくらいの仕上げは子供の好みにぴったりだったのかもしれない。今思えば、十年以上食べていない。

そうは言っても、私はイタリア生まれイタリア育ち。無添加イタリア産、一〇〇%生粋のイタリア人だ。さらに、東京大空襲のときに十代の女学生だった向田邦子は、どちらかというと私の祖母の世代にあたる。

私が日本に移り住んだのは2005年。それまでは日本語を大学で勉強した程度、日本文化に対して特別に馴染みがあったわけではない。昭和期の日常を思い浮かべてノスタルジーを覚えるどころか、その実態を想像するのも困難だったし、正直に言うと今もよくわからない。

来日した当時、目にした東京という巨大な街は、ヨーロッパの大都市とさほど変わらなかった。渋谷のスクランブル交差点はお祭り騒ぎに見えてしまい、電車の乗り換えがややこしくて不安でたまらなかったものの、それ以外は平気だった。

今やすんなりと住み慣れている東京という現代的な街には、向田邦子が活写した世界の痕跡はほとんど見当たらない。彼女が過ごした時代と私が過ごしている時代は決して重なることはなく、埋められない溝がそこにある。

人に薦められて向田邦子の著書を初めて読んだときに、彼女はどんな人柄なのか、どんな作品を書いた人なのか、私はぜんぜん知らなかった。それでも、最初に手に取った『父の詫び状』の文章はとても明晰《めいせき》で、わかりやすく、思いもよらない「懐かしさ」に出会えたことも相まって、すぐにファンになった。あれは一回目の日本滞在のとき、一年間の交換留学が終わろうとしていた頃だった。

所属先のヴェネツィア大学に提出する卒業論文のテーマを決めなければならない時期でもあり、私はかなり焦っていた。そこで、せっかく好きな作品に巡り会えたことだし、向田邦子について卒業論文を書こうととっさに決めたのだ。

出発日ギリギリになって、学生寮の近くの本屋さんに駆け込んで、手当たり次第本を買い占めた。購入したばかりのエッセイ集や小説を、参考文献のコピーとともにスーツケースに突っ込んで、その足で慌ただしく帰国した。

だいぶ適当な決断だったにもかかわらず、持って帰った作品はどれも良かった。そのおかげで、論文の執筆もすいすいと捗《はかど》り、やがて無事に卒業にこぎつけた。ひとまずセーフ。ところが当時の私は、向田邦子文学の「皮」の部分しか齧ることができなかった。あれから二十年ほどの月日が流れ、学位が剥奪されることもないと思うので、この機会に白状しよう。

「昭和ノスタルジー」という魔法の隠し味

トレンドやファッションが激しく移り変わるなか、ここ数年流行が衰えないのは「レトロブーム」。最近は80年代が特にホットらしいが、「レトロ可愛さ」を求めるのはいわゆるZ世代が始めたことではない。肩パット&ソバージュが大流行した80年代には、昭和30年代を懐かしむ「昭和ノスタルジー」のブームが既に起こっていたのだ。

むしろ「古き良き時代を愛好する」傾向は、70年代にまでさかのぼっている。漫画『三丁目の夕日』（西岸良平作）の連載が青年向け漫画雑誌で始まったのは1974年。同作が『ALWAYS 三丁目の夕日』として映画化され、大ヒットしたのは2005年。前後して、「昭和ノスタルジー」が日本文化に浸透し続けたが、1978年に発表された向田邦子の『父の詫び状』もその流れを引き継いでいる。

言うまでもなく、卒業論文を書いた若き私はそんなことについて一切気づいていなかったのだ……。

「昭和」は1926年から1989年までの期間を指す、様々な顔を持つ激動の時代。技術が急速に進歩し、国土を破壊する第二次世界大戦が起こり、戦後はGHQによる占領および高度成長期を経て、日本は近代化に向けて大きく舵を切った。

しかし、ホームドラマ、小説、映画、または『父の詫び状』のような自伝的な作品に描かれている「昭和」は、歴史が大きく変容した時代とは似ても似つかぬものだ。そこには大胆に動く「ヒストリー（歴史）」ではなく、些細な幸せを掴もうとして生活を営む人々の小さな「ストーリー（物語）」が注目されている。

つまりそれはまるで童話やメルヘンのような世界である。微妙に遠く、微妙に近く、夢めいた昭和期を舞台に展開されているそれらの物語は、失われつつある時間の甘い匂いを漂わせて、今を生きる私たちを誘惑する。私と同様に、経験したことがなくても。

『父の詫び状』を書いた当時、家族に怒られたと向田邦子本人がエッセイにて面白おかしく語っている。とんでもない秘密が暴露されているわけではないが、近しい人間にしか見せない間抜けさをよその人に知ってほしくないという気持ちはすごくわかる。確かに、実名で書いている以上、「父」、「母」、「妹」、「祖母」などと言ったら、それぞれの人間が誰だかすぐにわかる。ところで、だ。

一個人の思い出を綴った作品であると同時に、『父の詫び状』は「昭和ノスタルジー」という素材を活かして、向田邦子が作ってくれた絶品料理であることに着目したい。

1955年に創刊されて、現在でも出版されている「銀座百点」という雑誌がある。『父の詫び状』は向田邦子がそこで発表したエッセイをまとめたものだ。

連載が始まった当初、文章の主なテーマはもっぱら食べ物だった。最初に掲載された「わが人生の薩摩揚」（のちに「薩摩揚」と改題）、「東山三十六峰静かに食べたライスカレー」（のちに「昔カレー」と改題）などでは、子供の頃母親に作ってもらった食べ物と食べ物にまつわるエピソードが中心となっている。

一つひとつの回想文には、しっかりとした味や匂いが染みつき、完成度の高い文章ばかりだ。ところが、連載が進めば進むほど、主役は食べ物から家族に代わり、中でも父親の存在がとりわけ大きく取り上げられ、ダメな部分がありつつも、ヒーローめいた人物として描かれていく過程が認められる。言い換えれば、実在した本物の父親は、少しずつ「昭和期の典型的な父親」へと変容していくわけである。

そのシフトは連載中でもわかりやすいが、『父の詫び状』の出版にあたって、さらに明らかになっている。

エッセイ「冬の玄関」は「父の詫び状」に改名されて、本のタイトルにも選定される。他のエッセイも修正や加筆が加えられて、順番が入れ替わり、結果的には優しい家族のイメージが強調されるようにアレンジされていく。『父の詫び状』という作品はその編集作業によって生まれたものだが、「昭和ノスタルジー」に浸りたい同年代の読者にとって、うってつけの物語だったと言えるのではないか。


「悪いな」とか「すまないね」とか、今度こそねぎらいの言葉があるだろう。私は期待したが、父は無言であった。黙って、素足のまま、私が終るまで吹きさらしの玄関に立っていた。
三、四日して、東京へ帰る日がきた。

こちらは「父の詫び状」の名場面の一つ。

子供に優しい言葉をかけることすらできない不器用な父親の顔がそこにある。読み手は、語り手の子供に共感し、イヤな頑固親父だなぁと一瞬思ってしまう。しかし、話は次のように紡がれる。

ところが、東京へ帰ったら、祖母が「お父さんから手紙が来てるよ」というのである。巻紙に筆で、いつもより改まった文面で、しっかり勉強するようにと書いてあった。終りの方にこれだけは今でも覚えているのだが、「此の度は格別の御働き」という一行があり、そこだけ朱筆で傍線が引かれてあった。

それが父の詫び状であった。

怒鳴ったり、暴れたりする父親のもう一つの顔が垣間見えた瞬間、誰もがちょっぴりしんみりとした気持ちになるだろう。エッセイの冒頭では暴君のように威張るも、最後になると優しさだけがほんのり残る。「やっぱり昔の父親っていいなぁ」と思わずため息が漏れてしまう。

昔口にした美味しい食べ物から家族へ、子供の生活の風景から父親の物語へ、向田邦子の文章は常に遷移していく。その変化はあからさまなものではなく、文字の合間に行われる。不思議な手品のように。

さらにそこでもう一つ気になることがある。

『父の詫び状』をはじめとする、向田邦子の自伝的エッセイはたくさん残っているけれど、私たちは彼女がどんな気持ちで書いていたかについてはそれほど知らない。別にプライベートを詮索したいわけでもないし、家族の素顔をもっと正確に知りたいわけでもない。

率直に言うと、数年前に公開された、作者とかつての愛人の間に交わされたラブレターもあまり読みたくなかったかもしれない。

但し、あれだけ自らの私生活を見せる素ぶりをしているのに、向田邦子は自分自身の物語を綴っているのではなく、読者に対して全面的に心を開いていないように思える。自らの家族や生活ぶりという形を借りて、誰もが読みたかった「昭和の物語」を書いていると言ったほうが正しいだろう。

現に作者本人の個人的な話がたくさん出てくる半面、読者の思い出が入り込む余裕がきちんと残されており、「向田家」の古き良き時代の伝記を読んでいるはずなのに、いつの間にか自分自身の家族について書かれているような気になって、神妙な心持ちにさせられる。それはまさしく向田マジックとでも言えるものである。

真相はどうかわからないけれど、秘密をばらしたなんて彼女はおそらく家族には怒られていないと私は思う。よその人に話しちゃいけないことはもちろん、話しても良いようなことも何一つ明かしていないからだ。

自伝的要素を力説し、作品の内容と作者の年譜を比べつつ、根気よく卒業論文を書いた私……今思えば、本当に稚拙な論じ方だったな、と恥ずかしくなっちゃう。しかも自伝説に気を取られるあまりに、『父の詫び状』だけではなく、他の作品に潜む普遍的な部分も完全に見逃していた、と今ならわかる。

「生きている人間」を写実する才能が抜群だった向田邦子が書き記した文学は、もう少し大人にならなきゃ理解できないものだったのだ。

エフォートレスの美学

向田邦子の作品を読んでいると、日本でもよく耳にするようになった「エフォートレス」という英語の単語が真っ先に頭に浮かぶ。流行アイテムもさりげなく取り入れつつも決め込みすぎずに、あえて抜け感を出すことでエレガントな雰囲気を作り出す人のスタイルをそういうふうに言うらしい。必要以上に努力しない、軽々にやってのける、そういう感じのことだそうだ。

彼女が亡くなってまもなく、『向田邦子ふたたび』という本が文藝春秋によって出版されたが、そこには文壇関係者らが寄せた追悼文や写真などが数多く収められている。お手製や、誂えの服でおしゃれした邦子さんの姿は、今見てもとても素敵なものばかり。

仕事に関しても然りだ。編集プロダクション、テレビ局、執筆業……彼女はかなり華やかなキャリアを積んでいった。ヒット作をいくつも手がけて、多岐にわたるメディアに文章を発表しながら、いつもカメラに静かな笑顔を見せている。

自分で稼いだお金でマンションを買い、一人で海外旅行に行き、欲しいものがあれば自らの力で手に入れる。いわゆるキャリアウーマンの鑑だ。

最後のエッセイ集となった『夜中の薔薇』には、「手袋をさがす」と題された文章がある。複数の仕事に手を出して、フルパワーで活動していた20代のことについて書かれている。

ひと頃、私は、朝九時から出版社に行き、昼まで一生懸命デスクワークをして、昼食もそこそこに試写を一本見て、朝日新聞社の地下の有料喫茶室（一時間いくら）へゆき、ラジオの原稿を書き、夜は築地にある週刊誌の編集部へ顔をだし、夜は近所の旅館にカンヅメになって十二時過ぎまで原稿を書く、という生活をしたことがあります。

普通の人がそう簡単にはこなせない日課だし、息つく暇もなく仕事が回ってくるのはもちろん才能あってのことだ。老若男女がその魅力溢れる姿に羨望の眼差しを向けてきたことに激しく同意。

無理に肩ひじを張らない感じで人生をシックに横切ったという印象を周りに与えつつも、楽な生き方ではなかったと断言できる。なぜならば、現在でも「古き良き」過去として懐かしまれる、情緒的に描かれがちな昭和期は、女性にとってとても厳しい時代だったからだ。「家庭」も「仕事」もという選択肢はなく、どちらかしか選べなかったのだ。

なぜ結婚しないのか、なぜ子供を産まないのか、今でも女性はそのような無神経な質問を頻繁にされる。生きた時代を考えたら、向田邦子が晒されていたであろうプレッシャーはもっと大きかったと容易に想像できる。もし学校の先生とか、看護師さんとか、いわゆる「女性的」な職業に就いていたらもう少し楽できただろうが、選んだ業界はぜんぜん違っていたので、なおさら息苦しかったと思われる。彼女の書く作品にもよく出てくる「女のくせに」という表現は、当時の社会の目線を何よりも物語っている。

メディアは未だに「男社会」のイメージが強く、向田邦子が活躍しはじめた五、六十年前はその傾向がもっと顕著だったに違いない。だからこそ黒くて、シックな服を身にまとって、エフォートレスに渡り歩く向田邦子の姿はやはり凜々しくて、眩しい。

そんな向田さんは昭和のメルヘンにとどまらず、小説ではいろいろなテーマを取り上げている。複雑な男女関係だったり、家族内の秘事だったり。自らの人生経験を創作のヒントに使っていたかどうかわからないが、とにかく何を読んでも痛いところを突かれる感じがする。

皮を嚙る姉、実を嚙る弟

たとえば、『思い出トランプ』に収録されている短編小説「りんごの皮」。実に含蓄のある巧みな描写が多く、いろいろなことを考えさせられる。表現されている部分はもちろんだが、作者が言葉にしなかった部分が何を意味しているのか、読み解く作業が楽しい。


入場券のはなしがいけなかった。

あれさえ白状しなければ、お互いいい年をして、玄関先で生臭い声を立てることはなかったのだ。


物語は謎めいた一文で始まる。

これは外国人にはもちろんのこと、今の日本人にもわからない人が多いかもしれないが、ここでの「入場券」は昔の国鉄などの切符のことで、その真ん中に赤い線が一本走っていたそうだ。

主人公の時子は付き合っている野田と玄関先でたわいもない話をし、ふたりは笑い出す。もう少し読むと、その「入場券」は男女が体の関係を持って、女性がオーガズムに達したとき、太ももの内側に走る性的な感覚の比喩として使われていることがわかる。「カルテがあったら書き入れたい」と医者の野田が言い、二人が仲良くじゃれ合っている絵が目に浮かぶ。そして気がつけば、ドアの外に時子の弟が立っていて、その会話を聴かれてしまうのだ。

弟は何もなかったようにすぐ去っていくけれど、おそらくは新居購入の頭金を用立ててもらおうとお願いしにきたのだろうと時子は思う。彼は姉が勤める会社に電話をかけて、風邪で休んでいることを知り、家に訪ねてきたとのこと。詳しくは書かれていないが、仮病を使って平日の昼間に会っていることから、時子と野田の関係はやや複雑なものであることが仄めかされている。

私たちの日常会話やちょっとした仕草など、思い返してみれば、こうした些細な出来事が発端となって始まることが多い。それを一つひとつすくい上げて小説の世界に無理なく混ぜ込んでいく向田邦子の洞察力はやはりすごい。

数日が経ち、時子は頭金を工面し、弟の家を訪ねる途中、立ち寄った八百屋でりんごを落としてしまう。転がっていく赤いりんごは、弟との昔の記憶を呼び起こす……。

一つの小さな手がかりでいくつかの思い出が芋づる式に繋がるというのは、エッセイでも何度か使用されているお馴染みの向田邦子らしいテクニックだ。

そこで『父の詫び状』やその他の自伝的作品を読んだことがある読者はそれに少しばか

り惑わされる。もしかしたら本人の記憶も混ざっているのかな、と。想像と現実の境界線がぼやけているからこそ、すっとその世界に入れるし、物語装置としての「記憶」の力が最大限に引き出されている。ぐっと距離が縮み、時子の顔は向田さんの顔に見えて、ときには自分自身の記憶と重なってしまうのだ。やや後ろめたくて触れたくない過去の出来事を蒸し返されるような感じ、ザラザラとした感覚である。

大学一年生の時子、高校二年生の弟・菊男が真っ暗な家で二人きりで留守番をしていたある夜のこと。弟のいる部屋から、まずはタバコの匂い、さらに洗濯を怠《なま》けた靴下のような、インク消しのような匂いが漂っているのに気づく時子。それは精液の匂い、弟は男であることを彼女が初めて認識するきっかけとなる。

そこで闇屋が入ってきて、ひと騒ぎがあり、最後に時子と菊男にりんごをあげて去っていく。「あの男たちが来なかったとしても、格別に、何か起こったということもなかっただろう。ただあの小さくて冷たい赤りんごが、あの晩、姉と弟を安らかに眠らせてくれたことだけは本当である」というふうに、その不思議な記憶の話が締めくくられる。

何か起こりそうなこと、それは何か書かれていないが、姉弟として一緒に暮らして、同じ家族になっているはずなのに、個々の女と男でもあるという自覚が芽生えたことだろう。また、そのあと二人はそれぞれまるっきり別の人生を歩んでいくことも示唆されている。

その日は結局、時子が弟の家まで足を運ぶが、お金を渡さずに帰る。換気扇から出る魚を焼く匂いに、自分の人生には縁のない家族というものの存在を悟り、そこに割り込める余裕がまったくないと感じたからだ。

ほどほどの身のまわり。ほどほどの就職。ほどほどの妻や子供たち。手にあまるものは見ないで暮す菊男のやり方を、時子は歯がゆいと思ったこともあったが、気がつくと、年とった動物が、少しずつ、目に見えないほど少しずつ分厚く肥えふとってゆくように実りはじめている。今夜、団地の換気扇から流れていた魚を焼く匂いは、その実りの匂いであろう。

時子はお土産に買ったりんごの皮を剥き、窓の外に向かってりんごの実を放り投げて、残された皮をゆっくりと齧りはじめる。彼女は「ほどほど」の人生を選ぶ弟をどこかで軽蔑していると同時に、それはずっしりと中身のある人生だとも認めている。

実と皮、中身と表面、男と女……。そこには様々な二項対立が存在するが、必ずしも白と黒ではないような気がする。時子は嘆いているわけでもなければ、弟を羨むわけでもない。自分の人生には、世間一般で言う「実」がなかったということを淡々と受け入れているだけだ。むしろ、「私はこれから皮だけを食べていくぞ」という決心のシーンとしても読める場面であり、自意識と覚悟に満ちている。

人間はみんな人生の「皮」を翻っているのかもしれない。こうしていたら……ああなっていたら……戻れるものなら……。私たちは一生涯のうちにこのようなことを思い浮かべて後悔することが何回あるか。

りんごの皮を食べながら窓の外の世界を見つめている時子は、間違いなく当時の社会からはみ出している女である。しかしどの瞬間でも完璧に常識にハマっている人生を生きている人はおそらくいない。どことなく不思議な読後感が残る。よく考えてみたら、りんごの皮の酸っぱい味に似ている。

「人間臭さ」に満ち溢れた文学

「かわうそ」というもう一つの短編も鳥肌が立つような不気味さと、思わず唸ってしまいたくなるディテールの緻密さが特徴的だ。

それは脳卒中に倒れ、リハビリのため休職せざるを得なくなった夫宅次、浮気性の妻厚子の物語である。彼女はお茶目な一面もあって可愛らしい妻だが、実は恐ろしい女だ。

意識が朦朧とする、療養中の宅次の頭にはいくつかの思い出がよぎり、3歳の娘が死んだという悲しい記憶が蘇る。宅次は出張に出かけ、妻が熱を出した娘の世話をするはずだったのに、彼女がクラス会を優先して医者を呼ばず、治療が遅れたせいで娘は死んでしまう。

宅次はその真相を偶然に知ることになっても忘れようとするが、ふとそのことを思い出した夜、戻ってきた厚子の歌うような声を聞いて、包丁を握りしめる。刺したいのは厚子の胸なのか、自分の胸なのかわからないが、結局彼は何もせず、「写真機のシャッターがおりるように庭が急に闇になった」という文章で小説が終わる。

話は宅次の病気の前兆で始まり、おそらく致命的な発作で終わるという首尾照応した構成になっている。母性が欠如している厚子と無力な宅次はどちらも恐ろしくて、かなりの闇を抱えている人物だ……。

そしてこの小説の描写やひらめきはずば抜けてすごい。人の心の奥深くに潜んでいる、計り知れない内情を見事に表現している。

ここでもまたしても「記憶」という仕組みが大変大事な役割を果たす。胸中にいろいろな感情が渦巻いている際、ふいに宅次の脳裏に学生時代に見た一枚の絵が浮かぶ。

かなり大きい油絵で、画面いっぱいに旧式の牛乳瓶《びん》、花、茶碗、ミルクポット、食べかけの果物、パンの切れっぱし、首をしめられてぐったりした鳥が、卓上せましとならんでいた。

> 題は「獺祭図《だつさいず》」である。
> 宅次は、この字が読めず意味も判らなかった。うちに帰り辞書をひいて、やっとわかったのだが、これはかわうそのお祭りだという。
> かわうそは、いたずら好きである。食べるためでなく、ただ獲物をとる面白さだけで沢山の魚を殺すことがある。殺した魚をならべて、たのしむ習性があるというので、数多くのものをならべて見せることを獺祭図というらしい。

その一枚の絵の構造は、小説「かわうそ」の構造とぴったりと重なり、作品を解釈するカギとなる。主人公の朦朧とした意識の彼方に追いやられていた数々の思い出の切れ端がここへきてやっと意味を成す。

文中に言及されている宅次の父の葬式や近所で起こった火事、そして娘の死、並べ立てられているその一つひとつの出来事は、いわば厚子の「獺祭図」そのものだ。健気な妻を演じている彼女は人の不幸を楽しむ顔も持っており、何かがあるたびに、新たな獲物を得たかわうそのようにはしゃぐ。背筋が凍るほどの恐ろしさ……。

しかし、その厭らしい絵を通じて露わにされている厚子の本性は少しばかり我々読み手にも身に覚えがあるはずだ。物語はそれをデフォルメして拡大しているものの、厚子の厚かましさや宅次の優柔不断さは私たちの触れてほしくない急所を突く。

『思い出トランプ』の他の短編やそれ以外のフィクションの作品においても向田邦子は様々な人物を描きつつ、そのひとときの揺らぎ、誰もが体験している脆さを的確に暴いていく。平凡な人生の中にある一瞬のきらめき、尾を引く光のすじを見事に捉えているからこそ、彼女の作品は今でもなお強く輝き続けている。

時子やその他の人物が自分の分身のように感じられて、作者の目線の鋭さにハッとさせられるのだ。今を生きようとしている人間の懸命な姿に目線が向けられており、そこに流れている心情が強く迫ってくる。弱さ、狡賢さ、後ろめたさ、無力さ。見なかったことにして普段やり過ごしているちょっとした毒、一瞬だけ垣間見える闇がありありと見て取れる。

一見したところ、それは感傷的な気持ちを思い起こさせる『父の詫び状』と真逆に思えるが、どちらも「人間臭さ」に満ちた世界である。その間をエフォートレスに行き来して、何気無い仕草やふと出た言葉を巧みに編み上げ、向田邦子が語る色とりどりの人生模様は、読む人の心に突き刺さる。

見過ごされた鬼才作家

有吉佐和子《ありよしさわこ》（1931–1984）

悲劇の預言者

私の初恋はギリシア神話である。

幼いころ、子供向けの本を読んだのをきっかけに興味を持ち、『オデュッセイア』を簡単にまとめたダイジェスト本、古代ギリシアの面白話のアンソロジーなどを読み漁り、気がつくと幼少期に使っていた小さな本棚はいつの間にかギリシア神話一色となった。しばらくすると、それらの物語を原文で味わいたいと思うようになり、高校ではわざわざ古代ギリシア語を学んだ。飽きっぽい性格の割には、夢中になるととことん極めるタイプだから。

神話の話はどれも引き込まれる面白さだが、トロイア戦争にまつわる物語は格別な壮大さを誇る。勇敢なヒーローたち、数多の美しきプリンセス、人間の事情に興味津々の神々が大勢出てくるなか、私は悲劇の預言者、カッサンドラーが大好きだ。

カッサンドラーはトロイア王家の娘、言うまでもなく超美人。その稀有な麗しさは、太陽神アポローンをぞっこんにさせるほどのものだった。アポローンは彼女に予言の力を与えるから自分のものになるように迫ったが、カッサンドラーは神の愛、さらに予言の力を一度受け入れたものの、やがて心変わりして、アポローンを拒絶したという。侮辱されたアポローンは当然怒り狂って、生意気なカッサンドラーに重い罰を与えた。彼女の予言を誰も信じないようにしたのだ。

トロイア戦争が勃発したとき、カッサンドラーはその恐ろしい結末をバッチリ当てる。それでも不吉なことしか言わない彼女に耳を貸す者はおらず、トロイアは結果的に戦争に敗れた。それればかりか、カッサンドラーの家族はみんな殺害され、彼女自身もミュケーナイの王様アガメムノーンの戦利品となった。これまで十分苦しんだろうに、最後はアガメムノーンの妻クリュタイムネーストラーの手にかかり、命を落とす。自らの死を予知しながらも……。さすがギリシア神話、目を背けたくなるほどの凄惨さ。

最初は子供向けのオブラートに包んだバージョンを読んだのだろうけれど、あらましは変わらないはずだ。こんな酷い話にハマるなんて、だいぶ変わった子供だったと認めざるを得ない。

人間が最も憧れる超能力は未来予知なのかもしれない。しかしカッサンドラーのレベルまでいかなくても、そのギフトはときに苦しみを伴うものでもある。信じてもらえないとわかりつつも、のしかかる現実を訴え続けた、一途なカッサンドラー。最後の瞬間まで真実を追求しようとした彼女は、美しいだけでなく、根性のすわった大胆な女として描かれている。好みが渋いと言われようと、魅力的でカッコイイ女性だと思う。

「一緒にされちゃうと困るわよ！」と、本人はあの世でプンプンに怒っているに違いないが、不適切な喩えであることを重々承知の上で言わせていただくと、有吉佐和子ほど先見の明を持つ作家はおらず、カッサンドラーにもひけを取らないと思う。小説、舞台、ルポルタージュを通して、私たちが今やっと気づきはじめた社会の歪みを、彼女は四十年以上も前に糾弾していたのだ。その鋭さは、もはや「預言者」級だと言える。

認知症老人と介護問題を扱った『恍惚の人』（1972年）。人種差別や偏見、または人工妊娠中絶を巡る『非色』（1964年）。公害問題を社会に突きつけた『複合汚染』（1975年）。二十年、否、三十年先の未来を見据えた作品の数々は今もなお色褪せていない。

賞にも評価にも恵まれなかった作家

ベストセラー大量生産マシーン、読者の好奇心を刺激する話題発見器。その優れた嗅覚と文才ゆえに、有吉佐和子はしばしば天才作家として褒《ほ》め称《たた》えられた。ファン層も厚いし、功績も凄まじく、日本文学史にその名が刻まれていることは言うまでもない。とはいえ、文壇からすごく評価されたかというと……そうでもないような印象を受ける。

「芥川賞」も「直木賞」も逃しているし、ジャーナリズムにも大衆文学にも手を出していたからなのか、とにかくいわゆる「文豪キャラ」として扱われていない。一流のネタ、一流の筆才、一流のバイタリティなのに、なぜ……!?

文学研究の対象にされていることも比較的少なく、海外翻訳もごくわずか。英語だと、『華岡青洲の妻』、『紀ノ川』、『恍惚の人』あたりだけ。なぜ……⁉ 時代小説といい、社会派物といい、昼ドラ張りのドロドロとした作品といい、何を読んでも安定のクオリティ、ハズレなしなのに……⁉ 今すぐにでも有吉佐和子の全集を世界中にばらまきたいくらいなのに、むしろ忘却の彼方に追いやられているような気さえする。

ちなみに、彼女に対する評価が実力に見合っていないと思うのは私だけではないようだ。『母子変容』の文庫本には、橋本治が書いた解説がついており、それが出版されたときに有吉佐和子ご本人がお礼の電話を入れたという。橋本のほうがかなり年下であり、文学者としてのキャリアにおいても、有吉女史はもちろん大先輩だ。そのエピソードについて、橋本自身が次のように語る。

彼女が賞に恵まれないどころか、評価にさえも恵まれない作家だったのだということに、私はその時初めて気がついた。あれほど読者から厚い支持を受けていた有吉佐和子の作品は、どうやら文壇のいう〝文学〟からは遠いものだったらしい。

激しく同意！ そしてそれに対して激しく不満を述べたいものだ。

やはりその不当な評価は予知能力を授かった代価なのかな、とまたしてもカッサンドラーの悲しき運命が思い出される……。

私ごときが憤慨したところで誰も気づきゃしないだろうが、有吉佐和子の素晴らしさが早く再発見されるようにと願いつつ、後世に伝えたい作品をいくつか紹介しよう。そこには意志が強くて、前へと突き進んでいく素敵な女性がたくさん出てくる。自らの運命を予知しながらも、めげずに直進している彼女らの足跡をたどると、何が見えるだろうか。

今のアメリカを描いた、五十年以上も前の隠れ名作

有吉佐和子の話をすると、「帰国子女」や「外地育ち」という言葉がよく出てくる。和歌山県生まれなのだが、大手銀行に勤めていた父親の仕事の関係で、子供のときからいろいろな土地を飛び回った。彼女がまだ幼いときに、有吉一家は東京に引っ越すが、さらにその直後オランダ領のジャワ（現、インドネシア）に移り住んだ。ジャワ内でも数回移転したり、帰国したり、なにかと忙しい幼少期だった。

ジャワで日本人学校に通っていた有吉が、どれほど現地人と接触していたのかはわからない。しかし、生まれた環境とぜんぜん違うところに住んで、異なる文化や言語に触れる経験は、後の作家人生に大きく影響を及ぼしたことだろう。

第二次世界大戦の勃発を機に家族共々帰国して、有吉佐和子はしばらく日本で過ごすも、大人になってからもう一度海外生活を体験する。

それは1959年の終わり頃だった。

その時期には、伝統芸能をテーマとしたデビュー作の『地唄』(1956年)と『白い扇』(1957年)、それぞれ「芥川賞」と「直木賞」の候補となった小説が既に世に出ていた。出世作というか、唯一高評価を得た『紀ノ川』も、海外へと出発する同じ年にめでたく出版されている。いよいよ本格的な作家活動がスタートするところだったのに、彼女は一旦執筆を中断し、留学を決心した。高名な賞を惜しくも逃したものの、「才女」ともてはやされた有吉佐和子は自分を見つめ直す時間が必要だったのだ。

「才女」は不思議な単語だ。褒め言葉である半面、なんでそこで女性の「性」が持ち出されるのか、やや不可解だし、男性の場合は相当する言い方はない。有吉佐和子に対して繰り返して使われていたその表現に、多少揶揄するニュアンスも含まれていたと感じずにはいられない。

まあ、まだ50年代の日本の文壇だもの、堅物のおじさんたちが一生懸命自らのポジションを守ろうとしていたのだから。かろうじて文壇の一員として認められていた女たちはごくわずか。しかもそれは平林たい子とか佐多稲子とか、とにかく苦労人のおばさんばっかりだったので、生活経験ゼロの、新卒ホヤホヤのピチピチ女子は鼻につくような存在だったことが想像に難くない。

ロックフェラー財団の招きを受けて、有吉佐和子は演劇の研究という名目で、ニューヨーク州にあるサラ・ロレンス・カレッジに入学した。そこは女子大の名門、当時のアメリカにしては進歩的な学校であり、様々な人種の人々が一緒になって学んでいた。結果的には留学は一年未満だったが、刺激的な環境に置かれた有吉にとって、その時間はかなりのリフレッシュになったと思われる。帰国した彼女は、振り返ることなく執筆に打ち込んだ。

有吉佐和子が見たアメリカの社会はどんなものだったのか……。それが垣間見えるのは、『非色』という小説である。

他の有吉作品と同様に、『非色』もそれなりに話題になったとはいえ、すこぶる高い評価を得たわけではない。むしろ2003年の重版を最後に重版未定となって、今日から見れば不適切だと思われる表現がちらほら出ていることもあってか、危うく絶版になるところだった。

河出書房新社から復刻版が出版されたのはつい最近の2020年。

ジョージ・フロイド事件が起こり、それを発端として注目を浴びた「ブラック・ライブズ・マター」が、世界中のメディアによって大きく報じられたのと同じ年に、『非色』が再び日本の本屋さんに並んだことは偶然ではないだろう。

「非色」という言葉は日本語にはない。漢文流に読めば「色に非ず」になるが、それも一見したところわかりにくい。謎を解き明かしてくれるのは、1964年の初版の表紙。そこには「NOT BECAUSE OF COLOUR」と添え書きがされているのだ。人種差別は肌の色にとどまらず、その宿命的病根がもっと深いところにあると作者は最初からほのめかす。

復刻版が出版された2020年は、アメリカにとって忘れがたい年になるだろう。それと同じく、初版が世に出た1964年も新大陸の情勢がかなり逼迫していた。

前年の1963年11月にケネディ大統領が殺害され、ジョンソン副大統領が昇格した。そして1964年に公民憲法、つまり人種差別を禁止する法律が成立した。「I Have a Dream」という有名な一節で知られているマーティン・ルーサー・キングがノーベル平和賞を受賞したのも1964年。

一方で、ケネディ政策の一環として公布された公民憲法の効力はまだ弱く、同じ頃にはニューヨークハーレム地区を中心に人種暴動が頻発し、それが「長く暑い夏」と呼ばれ、1967年の夏頃まで続いた。まさに狂瀾怒濤の時代である。

アメリカ生活の経験者だった有吉佐和子は、おそらく当時のニュースに触発されて、『非色』を書いたと推測できる。しかし、作者はその小説を通して読者に人種差別という問題を投じかけると同時に、捻りを加えて、独自な視点を選んだ。

主人公は日本人女性の林笑子、物語は一人称の「私」で進められている。しかも、語り手と出来事の間に一切の隙間がないので、笑子の肉声を直接聞いているかのような錯覚に陥る。これは、有吉先生の自伝……じゃないよね⁉　と本のそでに印刷されている略年譜を何度もチラ見してしまう。

はい、自伝ではなく、この物語は一〇〇％先生の素晴らしい想像力の産物である。

時代は大戦直後。笑子は進駐軍の経営するキャバレーでクローク係として働いており、そこでトムというアメリカ人と出会って、恋に落ちる。ただの遊び人かと思ったら、トムは意外にもいいやつだ。笑子をデートに誘ったり、大量の食べ物を運んで彼女の家族ないしはご近所さんの世話をしたりして、物資が不足している日本だけあって、笑子の目には、彼はもはや王子様として映る。

問題がただ一つ。トムは黒人なのだ。

黒人に対する差別意識はアメリカに限らず、多くの社会に根付いている問題であり、肌の色が違うだけで、醜悪な固定観念にとらわれている人は今でも多い。戦後の日本も例外ではなかった。

二人は結婚して、それなりに豊かな生活を送るも、笑子のシンデレラストーリーはここで早くも終止符を打たれ、彼女の人生はお伽話と真逆の方向に走り始める。

トムは除隊のためやがて本国へ招集されて、二人は離れ離れになる。笑子は生まれたばかりの子供を一人抱えながら逞しく生きようとするが、お先真っ暗な道と言わざるをえない。自分はさておき、黒人とのハーフである娘の今後の生活を案じて、彼女は海を渡ってアメリカで生活することを決意する。

アメリカへ行こう。トムのいるところへ。この考えは、このとき突然に湧いたものである。突然湧き起って、それがメアリイの笑顔で確定してしまった。それは私の確信でもあった。この日本で、私たち親子が幸福になることが考えられないとしたら、私たちは出て行くよりないのだ。

即決。人生のターニングポイントとなる瞬間があっさりと訪れた。

展開の速さは有吉佐和子作品の特徴であると同時に、彼女が文壇から軽視されていた理由の一つでもあるかもしれない。

日本の近現代文学において、純文学が長い間「芸術性の高い」ものとして評価されてきたというのは周知の事実である。（私は純文学の小説も大大大好きなんだけど）同じような場面が安部公房とか、遠藤周作とか、大江健三郎などの作品のなかに出てきたら、笑子が決断を下すまで、軽く三十ページはかかるところだろう。ああでもない、こうでもない……現実と理想の狭間で揺れ動く感情がスローモーションで事細かに、鋭く、何ページも何ページも描写されていくあの感じよね。

有吉作品では、それは期待できない。

第一、気が強くて肝が据わっている人物が主人公になっているだけに、悶々とした気持ちが似合わないし、ずっとうじうじしていたら逆にリアリティが薄れる。小さいことであれ、大きいことであれ、笑子の決断はいつだって早い。女だもの！

そして、これから出てくる話の数々があまりにも壮大すぎて、そんな細かいことなんか気にしていられないという切迫感が行間からヒシヒシと伝わってくる。それは、人種差別という重いテーマを扱った『非色』だけではなく、すべての有吉作品に共通していることだと思う。巧妙なストーリーテラーである有吉佐和子は、どんな話題でも、筋の面白さで読者を惹きつけて、最後まで引っ張っていく。

人物たちは緊張感を孕んだ世界のなかで忙《せわ》しなく歩き回るが、息抜きができるコミカルな部分もきちんと用意されている。たとえば、渡米が決まってからのトムの反応。

トムの手紙の内容は、もっと腹立たしかった。私から手紙が来たので嬉しいという文句がしつこいほど繰返されてあるばかりで、私たちの渡米について具体的なことは何一つ書いてないのだ。メアリイと二人で撮した写真を送れとか、彼の母親が六十になったが元気だという手紙がアラバマから来たとか、笑子の夢を先週は何回見たとか、気が遠くなるほど暢気《のんき》なことばかり書いてあって、私の質問には碌に答えていない。

心は優しいが、あまり役に立たないトム。笑子はそのやりとりから今後の苦労を思い知らされる。

まったく埒があかない夫のせいでだいぶ時間がかかるが、やがて笑子は手続きを済ませて、「戦争花嫁」として船で海を渡る。そこで同じ境遇の花嫁たちと出会い、いよいよ物語のコア部分が始まる。

差別に向き合う女たち

笑子、竹子、志満子そして麗子。四人ともアメリカ人の妻、四人とも期待を胸に船に乗り込んで、待ち構えている運命がどれほど過酷になるかはまったく想像していなかった。笑子と竹子は二人とも黒人の妻なので、日本にいたときから多少差別を体験していたが、アメリカ人の妻として一応勝ち組であった。白人の妻たちである志満子と麗子は、なおさらステータスが高いと思われた。

しかし、アメリカには日本人女性がまったく予知できなかった複雑な人種差別が根づいていた。志満子の旦那はイタリア系、麗子の旦那はそれよりさらに軽蔑されていたプエルトリコ人、それが何を意味するのか、女たちはずっと後になって身をもって知る。

四百ページにもおよぶ超大作は笑子を中心に彼女らの人生を追っていく。それはもうなんというか……圧巻である。あまりにも分厚いので、これはちょっと……長距離の電車のなかで読むしかないと少しためらうが、読み始めたらもう止まらない。

人種差別の理不尽さを生々しく突きつけられて、その問題の知識は備えていると思っていても、ページをめくる度に衝撃を受ける。そしてみるみる突き進んでいくストーリーに呑まれてゆきながら、ふと思う。この物語は誰の立場になって読めば良いのか、と。ユダヤ人、イタリア人などの白人、アフリカやアメリカに住む黒人、それとも混血の子供たちなのか。主人公はもちろん笑子だが、それぞれの人物の抱えている事情が手に取るように伝わってきて、小説の軸は一切ブレていないのに、読んでいる自分はゆらゆらと揺れ動く。

笑子以外の戦争花嫁はどれも豪快なキャラクターで、有吉佐和子のペンによってその個性が際立っている。そのなかでもっとも印象深く記憶に残るのは麗子なのかもしれない。「掃溜《はきだめ》に鶴が舞い降りたよう」な美しさを持つ彼女は、社会のどん底で這いつくばる人たちのなかで生活することになって、過酷な運命を強いられるからだ。

麗子は、笑子をはじめとする他の戦争花嫁たちが入り浸る「ナイトウ」という日本レストランで働くことになる。稼いだお金でダイヤや毛皮のストールなどを片っ端から買い込んで、日本にいる家族に華やいだ生活を見せびらかしている。

大枚をはたいてストールを買い、指輪を買い、などしていた麗子の謎がようやく解けて、私は茫然としていた。アメリカの下層階級であるニグロ、そのニグロから更に侮蔑され疎外されているプエルトリコ、その種族に属した麗子が、精一杯に生きるためには、こういう形で自尊心なり夢なりを養うしかなかったのではないか。最下級の、最も惨めな生活の中で、麗子を支えていたのは日本向けに作りあげた虚偽の物語であったのだ。

そして、現実を受け入れようとしない麗子は妊娠してしまう。カトリック教会の信者である義理の家族に囲まれて、しかも中絶が許されていないアメリカにいる彼女は、孤立無援の状態に突き落とされ、自殺を図る。

麗子はもちろん存在しない、虚構の人物に過ぎないが、彼女が直面する厳しい現実は、今でもとてもリアルなのだ。そこに目を向けた有吉佐和子の鋭さに驚かされると同時に、女性としていろいろ考えさせられる。麗子の悲劇は、日本で書かれた、古びた小説のなかで出てくるたわごとではなく、世界のどこかで今日も起こり続けている。

色に非ず——自分より下に人がいることで保たれる自尊心。それは単に肌の色の問題ではなく、根深く社会に染み込んでいるメカニズム、「階級」によるものだということが次第に小説を通して見えてくる。60年代に書かれたものだとはとても思えないほど、未だに残されている重要な課題を露呈し、今一度読み返すべき一冊だと強く感じる。

男たちを惑わせた「魔性の女」の正体

いくつかの作品を紹介すると宣言したものの、気がつけば『非色』について熱く書きすぎた。かなり種明かしもしてしまったが、それを知ったからといってつまらなくなるような本では決してないので、ぜひ細部にわたって堪能していただきたい。

まったく古さを感じさせないエンターテインメント性、文章のうまさ、面白さ。どの作品を手に取っても読みどころ満載で選ぶのが難しいが、もう一冊のイチオシ作品は間違いなく『悪女について』（1978年）だ。

『悪女について』は「週刊朝日」で連載された小説で、ドラマ化されたり、舞台化されたりもしている。2012年に沢尻エリカ主演のテレビドラマが放送されたとき、私もリアルタイムで観た。ドラマ自体の出来栄えはさておき、大好きな作品が取り上げられていることで、（勝手に）ウキウキした記憶がある。

だいぶ昔手にした長編小説だが、読み終えたときの強烈な印象は今でも忘れられない。この文章を書くに当たって読み返したときも、結末をわかっていてもなおすごく楽しめた。

有吉佐和子

文庫本を貪り二日であっという間に完読。

ところが、周りに聞くと知っている人は比較的少ない。

確かに、すこぶる有名な作品ではないし、人生観を変えてくれる本でもない。そうは言っても、面白くて楽しくて、活字がニガテでなければ絶対に読むべき一冊だ。私が保証する！

『非色』においては、すべての出来事が笑子の目を通して語られるのに対して、『悪女について』の主人公である富小路公子（それとも鈴木君子？）は、一度も読者の前に姿を見せていない。これを知った時点で、まず好奇心をそそられるよね？

小説は二十七人のインタビューから成るものだが、公子に何が起こったのか？ 話しているのは誰なのか？ そもそもしつこくインタビューをし続けるその週刊誌の記者とは、有吉佐和子本人なのか？ というような感じで、読み始めた瞬間から訳がわからなくなり、どうにかしてストーリーの真相を確かめたく次へ次へと、慌ただしくページをめくってしまう。

戦争が終わって、日本はいわゆる高度経済成長期へ突入。エネルギーみなぎる毎日、人生を立て直すチャンスを摑もうと誰もが歯を食いしばって、一躍スターダムにのし上がろうとしていた時代（あくまでもイメージ）。そんな激動の日本を背景に、女性実業家の富小路公子が謎の死を遂げるところから物語が始まる。

公子は持ち前の美貌と才能を駆使して、一代で莫大な財を成した人物でありながら、数多くのスキャンダルを巻き起こした魔性の女でもある。彼女に関わった二十七人もの人物たちは、自分の知る「公子」を綴るも、二十七通りの公子の顔が浮かび上がる……。まあ、面白くないわけがない！

各々の章の語り手は一度きりの登場。公子との繋がりも彼女に対する評価もまるっきり異なるし、辻褄が合わない。つまり、章が変わる度に新たな物語が動き出すという斬新な小説技能《テク》を駆使し、作者が毎回何かのサプライズを用意してくれている。

金儲けのために男を操った罪深い悪女なのか、清らかな心を持つ聖女なのか、結局わからずじまい。読み終わっても、わかったようでわからない、とても不思議な気持ちにさせられるのだ。

彼女の声はねえ、僕は今でも思い出せますが、静かで、小さくて、耳を彼女の口許《くちもと》に持っていかなければ聞こえないくらいだったんですよ。それだけ男心はくすぐられましたがね。清純というのは、ああいう声じゃないでしょうかね。

……と、公子と一緒に簿記学校に通っていた早川松夫青年が言う。彼女にちょっと恋をしていた、真面目でややシャイな人。

まだ渡瀬公子さんというお名前の頃に、日本橋でレストランを経営していらした時代からでございますもの、二十年あまりになるのではございませんでしょうか。私は最初、私の店の前にお立ちになっているのをお見かけしたときは、どこかのお嬢さまだとばかり思いましたんですよ。何しろ、お若かった上に、ああいう愛くるしいお顔でいらっしゃいましょう？

……と、お上品な洋服のデザイナー、林梨江が絶賛する。

入会なさるとき、あの方は昭和二十一年生れとお書きになってました。これが、あの方の手蹟《しゅせき》です。三十そこそこで、どうしてそんなに大きなお商売をなさるのかと思っておりましたら、亡くなって週刊誌でいろいろ戸籍のことが出てきましたでしょ。まあ、十年もサバをお読みになってましたのね。でも四十過ぎてるとは、私も思いませんでしたわ。美人とは思いませんでしたけど、お肌が白くて、若さが漲《みなぎ》っているようでしたもの。

……とレイディズ・ソサイエティという婦人会の事務員が囁く。

美人ってこたないけど、あれは男好きのする子だと私は初《はな》から見抜いていた
……と一攫千金をうたった詐欺にまんまと引っかかり、公子から模倣宝石を購入してしまった瀬川大介の妻が嘆く。

「悪女」と「才女」の根深いバイアス

『悪女について』は週刊誌で連載された小説なので、毎回語り手の主人公がコロコロ変わる。よくぞ毎週欠かさず違う話を思いついて、すらすら書けたよね！　その文才と想像力、フットワークの軽さと効率の良さについて、文壇の堅物たちはどう思っていたのだろうか。

こんな型破りのミステリーは他にあるのか、と考えてみたところで、夢野久作の短編小説『何んでも無い』がふと頭に浮かんできた。

『何んでも無い』は『少女地獄』三部作の一つ目の短編小説、1936年に出版されたものだ。臼杵利平という耳鼻科の先生が書いた長い長い手紙によって構成されており、彼のもとに姫草ユリ子が自殺したという報せが届くところから物語が始まる。

（実は名前も違うし、年齢もだいぶサバを読んでいたことが後になって明かされるが）そのユリ子は、以前臼杵の病院で働いていた看護師で、その天才的な仕事ぶりに絶大な人気があった。ところが、臼杵はあるときから彼女にはとんでもない虚言癖があることに気づき、少しずつユリ子の嘘を暴いていく。

それが「何んでも無い」嘘ばかりであることが小説のキモとなっている。彼女は虚言によって生かされて虚言によって殺されたと、最後に綴られるけれど、半ば死に物狂いで嘘をつき通そうとするユリ子の姿は妙に色っぽい。

『悪女について』も『何んでも無い』も見事な一人芝居だ。

片方はインタビューに見せかけたモノローグの連続、もう片方は手紙に見せかけた自作自演。どちらの作品も作者が言葉の洪水で読者を惑わせ、結果的に真実がうやむやになって、未解決な謎がたくさん残されてしまう。しかも有吉の場合、同じ構造が何度も反復されているので、その不思議な効果がさらに増幅。言ってしまえば、演劇に近いドラマチックな仕掛けである。

確実な根拠はないが、夢野久作の描くユリ子は男性社会においてでっち上げられた幻想であるのに対して、公子は本当に悪女だったと私は思う。だって……最終的に作品のカギとなるタイトルがそう言っているのだから。しかし、彼女はそれでもそれぞれの人物に対してその人だけの「公子（もしくは君子）」を真摯に演じていたので、悪いことをしているかもしれないけれど、どこか憎みきれないところがある。

面白いことに、『悪女について』において、二十七人もの人物が大変細かく、濃密に彼女を語るに比例して、公子自身の姿が徐々に薄っぺらくなっていくように感じる。数々の語り手の話を通して浮き彫りになっている彼女の顔が霞んで見えて、それぞれのストーリーを照合しようとしてもますますわからなくなってしまう。真実は完全に消えてなくなり、残るのは人が見た印象だけである。恐ろしい……しかし、SNS時代を生きている私たちからしてみれば、それはとても想像しやすい事態だ。

語られる主体としてしか存在しない「公子」……。フェミニズム批評をしたくなる設定ではあるものの、まったくジェンダーを匂わせていないというのはまた興味深い。

夢野久作の描くユリ子は、妄想癖という一種の「病気」のせいで嘘をついて自らの人生を狂わせている。それによって、周りの人々に迷惑をかけた「加害者」であると同時に「被害者」でもあるが、公子には同情を誘うところは一切ない。彼女はなりたい人になるために、欲しい物を手にいれるためにただ単に一直線に突き進んだだけだ。

久作のユリ子は男性の伝説においてのみ生きているのに対して、公子を語る人物は男女であり、評価が性別によって特別に偏っているわけでもない。夢野久作もフェミニズムと無縁な作家だと思われるが、有吉は『悪女について』のヒロインをさらにドライに描いていて、ジェンダーを全面的に押し出さずに女性が常にさらされているプレッシャーを表現することに成功している。うー、うまいとしか言いようがない。

公子が建物から落ちて死んだ経緯は最終章、次男義輝の話の中で明かされている。

ママは、あの日、ビルの更衣室で虹色に輝く雲を見たんだ。美しいものには眼のないママだったから、前後の考えもなく、その雲に乗ろうとしたんだ。あの日は上天気だったからね。それにまっ昼間の出来事だったでしょう？　ママの傍には誰もいなかったんだよ、きっと。止める人がなかったんだ。

僕はママの死に顔を見たけど、綺麗だったよ。美しいものに抱かれて満足しているって感じだったよ。ママは、自分が死んだのも知らなかったんじゃないかなあ。ママが悪女だなんて、とんでもないよ。ママは夢のような一生を送った可愛い女だったんだよ、本当だよォ。

綺麗なものに目がない公子。実は、第一章、早川松夫の話の中でも、そのセリフが早くも出ていた。青年にどの星が好きと聞かれて、「全部よ、だって綺麗《きれい》なものは私、なんでも好きなんですもの」と彼女は答える。最後の最後を予告しているかのように……。なにこの構成力!?　すごくないか!?

「悪女」は「才女」と同じく、女性にしか向けられていない言葉だ。

才能も意地の悪さも性別とは関係ないのに、有吉佐和子が逞しく生き抜いた時代には「女はこうでなくちゃ」という固定観念を抱く人が多かったし、それは今も、おそらく今後もずっと変わらない。それを知りながらも、突っ走り続けた彼女は何を言われようとカッコいい。

先生ご本人が登場する『複合汚染』、煌びやかなファッション業界を背景に展開されていく『仮縫』、舞台の陰で起こった恐喝事件や殺人に迫る『開幕ベルは華やかに』、浮ついた男のダメさを鋭く暴く『不信のとき』……。全部好き……まだ読んでいない作品があると思うと人生の半分を損している感じがする。

有吉佐和子の作品は文学的価値が高いのか、そうでもないのか……。私にははっきりとした答えは出せない。しかし、一世代で消費される文学作品と長らく愛読される文学作品を分ける要素がいろいろあるなか、読者を別世界に連れて行くものはやはり一定の価値があるように思う。有吉はそれを毎回、必ず実現してくれている。しかも、ただ楽しませるだけではなく、私たちが生きている世界を解読するヒントもたくさん提供してくれているので、流行《はや》り廃《すた》りを乗り越えて、その文学はしぶとく生き残るものだと私は睨んでいる。融通の利かない、文壇の偉そうなおじさんたちは納得いかないかもしれないが……。

我が道を往く

「ノマド生活」は甘くない

林《はやし》 芙美子《ふみこ》（1903-1951）

さまよう魂にぴったりな街

それほど込み入った事情があるわけではないが、私は出身を訊かれると少しばかり答えにつまる。

生まれたのは、南イタリア、ブーツ型の国土のかかと部分にあたるプーリア州の小さな街。しかし、生後数か月で中部に位置するアンコーナというところに移り住んだから、生まれた街で生活した経験がほとんどない。

プーリア州の我が生まれ故郷は海がきれいで、観光で賑わっているし、本来ならば喜んでバカンスを過ごしたい場所であるが、幼い私にとって、毎年の夏そこを訪れるのは退屈で仕方なかった。同年代の友達は一人もいなくて、滞在中は親にべったりくっついて、親戚の家を渡り歩く以外やることがなかったのだ。結果、悪夢のような記憶しか残っていない。

とはいえ、19歳まで過ごしたアンコーナに対して特別な思いを抱いているかというと、そうでもない。

静かなのはいいけれど、ファッションなどがワンテンポ遅れてやってくる田舎。州都のくせに、娯楽はぜんぜんない。記憶にある限り、そこから脱出できる日を夢見て、ニューヨークやロンドンを闊歩する大人の自分の姿（あくまでもイメージ……）を思い浮かべながら、ずっと小説を読みふけっていた。基本的に地元愛ゼロって感じ。

念願の巣立ちは、高校を卒業してから実現された。大学に通うためにヴェネツィアに引っ越して、毎日が楽しすぎて長期に亘る冬休みや夏休みにしか実家に顔を出さなくなった。そして、25歳になる年に、とうとう日本へと旅立ったのである。

東京在住歴は今年で十八年目に突入した。振り返ってみると、それは自覚ある大人の時間のほとんどを占めている。しかも、今まで帰国した回数は合計で五〜六回しかないので、親不孝と言ったらない。

ということで、出身を訊かれると、少し迷う。生まれた場所にすべきか、幼少期を過ごした場所にすべきか、いっそのことカッコつけてヴェネツィアにしてみようかしら……。いずれにしても感情的な繋がりはやや薄く、過ごした年数も比較的少ないということもあり、そのときによって答えがばらばらになってしまう。

実際問題、「故郷」という言葉を聞くと、ほんのり母の匂いがする洗濯物、まったく知識がないのに父がしつこく流すオペラのアリア、弟と遊んだゆっくりとした時間、いろいろな思い出がポツリポツリ頭に浮かんでくるけれど、その背景にははっきりとした風景がない。

これは日本人ならごく普通の話である。しかし、イタリア大好き！　自分の生まれ故郷最高！　クリスマスは家族と過ごさなければ死んじゃう！　と思う一般的なイタリア人からしてみれば、だいぶ変わっている。

若いときに空想していたグラマラスな生活ぶりとは無縁ではあるものの、東京は大いに気に入っている。そのなんとも言えない冷たさは妙に心地よくて、原色のネオンに照らされた街角を歩くと、なんとなく落ち着いたりもする。私なんぞ平凡すぎて物の数にも入らないけれど、もしかしたら東京という街は、さまよう魂にぴったりな場所なのかもしれない。

だからこそ、ほっつき歩いて生きた作家、林芙美子はやはり東京を選んだ。

ワーク・イン・プログレスの東京

私は宿命的に放浪者である。私は古里を持たない。……故郷に入れられなかった両親を持つ私は、したがって旅が古里であった——1930年7月に改造社によって刊行された、林芙美子の『放浪記』はこうして始まる。それは彼女の本格的な作家人生の起点を刻み、命のある限り続いた周遊の始まりとなる。

林芙美子は1903年に山口県に生まれている。本人はその翌年の1904年（明治37年）生まれだと書いて語っているが、そのたった一年のサバ読みはなんだったのだろう。

このように、芙美子は真っ先に謎めいた女として私たちの前に姿を現す。

父親は四国出身、母親は九州の桜島の温泉宿の娘。結婚してから、二人はしばらく山口県で落ち着いて生活しており、そこで娘が生まれた。しかし、父親の浮気がやがてエスカレートしてしまい、芙美子は10歳にもならないうちに、母親に連れられて家を出たそうだ。その後、新たな伴侶を得た母親と一緒にいろいろなところを転々と歩き回った。そして高等女学校を卒業する頃には、明治大学在学中の恋人の後を追って、憧れのＴＯＫＹＯへ。

その恋人との関係は長く続かなかったけれど、芙美子は彼と別れた後も何の躊躇いもなく、東京に留まることを決心した。そこは夢溢れる場所だったからだ。

二千平方キロメートル以上の面積をもって、いびつな形をして広がっている現代の東京しか知らないと想像しにくいが、林芙美子が目にしたのは、近代化途中、ワーク・イン・プログレスの１９２０年代の東京であることを忘れてはいけない。

１９２３年の関東大震災を経て、東京が生まれ変わろうとしていたのもこの頃だ。建設現場があちらこちらに点在し、日本中から集まってきた労働者がうようよしていた。工場などで働いている人々を相手にする飲食産業、娯楽産業が花咲き、人口が爆発的に増加するとともに、経済の裾野が広がりつつあった。その一方で、私たちが今歩いているおしゃれな街並みは青図すらまだ描かれていない。

小柄な少女は、そのエネルギーみなぎる都会の空気に圧倒されたことだろう。

まだ20歳にもなっていない一人の女性が、なんのツテもなく、東京という新天地で自らの人生を切り拓いていくのはそう簡単なことではなかったはずだ。

しかし、彼女が少なからず幼少期に体験していた田舎の社会に比べて、東京なら一個人としてやっていける。むしろその方が楽だ。

誰も知人のない東京なので、恥かしいも糞《くそ》もあったものではない。ピンからキリまである東京だもの。裸になりついでにうんと働いてやりましょう。私はこれよりももっと辛かった菓子工場の事を思うと、こんなことなんか平気だと気持ちが晴れ晴れとしてきた。

『放浪記』の記録によると、そのときの芙美子は住み込みの女中、薬の見本整理、セルロイド工場の女工、新聞記者、カフェの女給などなど、かなりの数の職種を経験している。職に合わせて、生活リズムや住処をコロコロ変えなければならない分、一箇所に縛られることもなければ、嫌になったら違うところへと気軽に移れる自由さが楽しめる。

家の中に閉じ込められて、台所と茶の間を往復することに人生を費やしていた女性があまたいるこの時代に、不安を伴いつつも芙美子の生活スタイルはなんてスリリングで、なんて刺激的なことか。

結果的に貧困に喘ぎながら、彼女はいくつもの職業をはしごして、様々な場所に引っ越して、その経験を生かすことによって作家として成長していくことになるけれど、それを可能にしたのはやはり東京という街そのものである。

では、産声をあげようとしていた大都会での生活はどんなものだったのだろうか……。

(十二月×日)

ひまが出るなり。

別に行くところもない。大きな風呂敷包みを持って、汽車道の上に架った陸橋の上で、貰った紙包みを開いて見たら、たった二円はいっていた。二週間あまりも居て、金二円也。足の先から、冷たい血があがるような思いだった。――ブラブラ大きな風呂敷包みをさげて歩いていると、何だかザラザラした気持ちで、何もかも投げ出したくなってきた。通りすがりに蒼《あお》い瓦葺《かわらぶ》きの文化住宅の貸家があったので這入ってみる。庭が広くて、ガラス窓が十二月の風に磨いたように冷たく光っていた。

女中のアルバイトが終了。芙美子は再び街へと繰り出した。

持ち物は風呂敷一つ、懐に入っているのはたった二円。当時のお金の価値は今と大きく異なるが、それは大金とは言えない額である。このままだと数日、運がよくても半月くらいしか生き延びられないといったところだ。かなりきつい……。

しかし、その「ザラザラした気持ち」はそんなに悪いものではない。生きる力強さが伝わってくる。

「どんづまりの世界」は案外楽しい

『放浪記』は日記という体裁をとっている以上、主人公の「私」と書き手である林芙美子を重ね合わせることは自然だろう。とはいえ、芙美子は初期段階から作家の視点も持ち合わせているので、自分の人生を客観的に見て脚色することが多い。

また、作品自体は何度かの編集作業を経ていて、初版とそのあとに刊行された複数のバージョンはかなり乖離《かいり》している。それは戦時中の厳しい検閲の結果でもあるけれど、順番が入れ替わったり、人名や特定の情報が消されたり、そういった変更を追っていくと、『放浪記』が正真正銘の日記から「作品」へと変身していく過程が認められる。

結果的に現実と虚構の境界線が曖昧なところがいろいろあるが、作中に出ている作者ご本人の生い立ち、恋愛遍歴、職遍歴、住処遍歴は大まかで事実に沿っている。特に『放浪記』全編の隅々に表れている貧乏ぶりはまぎれもない真実である。

芙美子は資格などを持っていなかったので、高給で安定した仕事に就くことができず、ずっと貧乏。貧乏を飛び超えて、赤貧。極貧。

それでも、前の引用文もしかり、『放浪記』は陰々滅々とした貧乏話、絶望的な雰囲気が漂うような記録ではない。むしろ底抜けに明るい。その日暮らしの貧乏、明日はご飯が食べられるかどうか微妙なところなのに、軽やかだ。

(十一月×日)

なぜ？

なぜ？

私達はいつまでもこんな馬鹿な生き方をしなければならないのだろうか？　いつまでたっても、セルロイドの匂いに、セルロイドの生活だ。朝も晩も、ベタベタ三原色を塗りたくって、地虫のように、太陽から隔離された歪《ゆが》んだ工場の中で、コツコツ無限に長い時間と青春と健康を搾取されている。若い女達の顔を見ていると、私はジンと悲しくなってしまう。

だが待って下さい。私達のつくっている、キュウピーや蝶々のお垂げ止めが、貧しい子供達の頭をお祭のように飾る事を思えば、少し少しあの窓の下では、微笑《ほほえ》んでもいいでしょう――。

嫌な匂いが充満する暗い工場の一室。子供たちが遊ぶ日常の一コマ。その相反するイメージがごく自然と重ね合わせられ、読んでいる人も思わず笑みがこぼれる。苦労にめげずにあっけらかんとしている主人公・作者の無邪気な言葉には優しい温もりがじわじわと感じられる。

つい忘れちゃいそうだが、この文章は1930年に発表され、日記自体は1920年代に書き上げられたものだ。

1920年代といえば、芥川龍之介はまだご健在。幸田露伴先生だってぜんぜんピンピンしている。森鷗外と聞くと、「なりけり」が連発されている、インテリっぽい作風が真っ先に連想されるが、彼は1922年に亡くなっているので、少しばかり時期がかぶる。小難しい小説を書く文豪たちと比べるまでもなく、『放浪記』は100歳を迎えようとしている作品であるというのは、計算すればすぐにわかる。

それなのにこのみずみずしさ！　時代を一切感じさせない今風な感じである。言葉遣いといい、文章の構造といい、今読んでもまったく違和感がない。

その「今時感」は表面的なものばかりではなく、作者本人の性格やスタンス、または彼女が置かれていた状況と密接に絡んでいるものだと考えられる。周りはどん底まっしぐらだが、彼女はイキイキとしている。壊滅状態から立ち上がろうとする東京を舞台に、文章を書くという夢に向かって、芙美子は毎日走り回っていたのだ。

朝、青梅《おうめ》街道の入口の飯屋へ行った。熱いお茶を呑んでいると、ドロドロに汚れた労働者が駈け込むように這入って来て、

「姉さん！　十銭で何か食わしてくんないかな、十銭玉一つきりしかないんだ。」

大声で云って正直に立っている。すると、十五六の小娘が、

「御飯に肉豆腐でいいですか。」と云った。

労働者は急にニコニコしてバンコへ腰をかけた。

〔……〕どんづまりの世界は、光明と紙一重で、ほんとに朗かだと思う。だけど、あの四十近い労働者の事を思うと、これは又、十銭玉一ツで、失望、どんぞこ、墜落との紙一重なのではないだろうか——。


労働者が集まる飯屋の朝。

作者はそのなかに入り込んで、風景を見渡す。そして自分自身も低層にいる人間だからこそ、その「どんづまりの世界」をきちんと受け止めている。周りにはジェントルマンや淑女がいるわけではないけれど、自分を哀れむこともなければ、他人を品定めすることもない。

『放浪記』を読み返したりすると、頻出する東京の描写にハッとさせられることがよくある。引用文に出てくるお店は青梅街道の入り口にあったということは、新宿付近のエリ

アに当たる。そこで……あっ、そうだ‼　新宿というのは「新」・「宿」、新しいところだったんだ、と今更ながら目から鱗である。

貧困なだけに芙美子が生活の基盤にしていたのは、銀座のような華やかな街ではなく、当時東京郊外に誕生した新興の街・新宿あたりだったというのも興味深い。

最近の新宿は駅の工事がやっと終わって、明るく歩きやすくなったものの、東口あたりのところから地上に上がると、見えてくる景色はややお疲れ感を漂わせている。立ち並ぶ建物のお顔は時間の経過を感じさせており、世間に広く知られる有名デパートの店構えですらかつての輝きを失いつつある。少なくとも、最先端の街、若者の街というイメージはだいぶ薄れてきている。とはいえ、大都会の一等地であることには間違いない。

しかし、林芙美子の目に映っている「新宿」はまるで別世界だ。

カネのない人たちがいっぱい集まり、一生懸命に生きようとしている彼らのエネルギーはそのまま街にも伝染していたのだ。

夜。

新宿の旭町《あさひまち》の木賃宿へ泊った。石崖《いしがけ》の下の雪どけで、道が餡《あん》このようにこねこねしている通りの旅人宿に、一泊三十銭で私は泥のような体を横たえることが出来た。三畳の部屋に豆ランプのついた、まるで明治時代にだってありはしないような部屋の中に、明日の日の約束されていない私は、私を捨てた島の男へ、たよりにもならない長い手紙を書いてみた。

林芙美子

かつて旭町と呼ばれていたところは、現在の新宿四丁目界隈だそうだ。いまは新宿駅新南口、高島屋タイムズスクエアの巨大なビルがそびえ立つ一帯だが、芙美子が東京をさまよっていた時代には、そこは日雇い労働者が集まる、いわゆる「ドヤ街」だった。怪しげな連れ込み宿に生コンクリートの工場やその他の工業施設もあったという。今でもその辺りの裏路地を歩いてみると、木賃宿街の面影を残した建物が連なり、下町風味がほんのりと漂う風景となっているが、当時は何倍もディープな地区だったと容易に想像がつく……。

治安がかなり悪そうな場所だったろうに、安い宿を求めていた芙美子は迷わず、そこに泊まる。彼女と同様に這い上がろうとしていた大勢の人々もきっと似たようなところで疲れた身体を癒し、歯を食いしばって生きていたのだ。

近代の東京は西へと西へと発展してきたと指摘されている。その移動は東京がモダンな都市に変容する過程ともピッタリ重なるが、新宿、落合、中野という街をぶらぶらする作者の足跡はまさに東京の発展とシンクロしているようである。

余談だが、最近は東京の発展の方向がすっかり逆転しているとも言われている。歴史の古いエリアの再開発によって、人、文化、ファッションなど、東から西へと流れていたモノの動きがUターンして、西から再び東へと流れるようになっている。それによって東京の顔はどのように変わっていくのか、楽しみである。

何万人、何百万人が日々歩いて、出会っては別れて、ぶつかり合いながら生活している東京の街角は、コンビニ弁当と同じくらい賞味期限が短い。生き物のように着実に変化していくこの街はやはりいつまで経っても飽きない。

魅力溢れるこうした東京は、若き芙美子にとって自由に動けるところであり、（かろうじて……）食い扶持を得られるところであったが、それればかりではない。

作家になる夢を叶えてくれた特別な場所なのだ。

モバイルボヘミアンの宿命

『放浪記』は1928年から長谷川時雨《しぐれ》が創刊した「女人藝術」にて連載され、1930年に改造社によって一冊の本として刊行された。これが思いのほか好評を博して、数か月後に『放浪記』の元になっていた雑記帳から追加の内容が抜き出されて、『続放浪記』が発表される。1939年には、作者が大幅な改稿を行い、今度は新潮社からいわゆる「決定版」が刊行。さらに、1946年から、『続々放浪記』が「日本小説」にて連載され、今書店で並んでいるのは合計三回に分けて書かれた内容だ。ただし、どこかで「続々々放浪記」の幻の原稿が隠されている可能性も否めない。

続編はこけることが多い。続々編となると大失敗の可能性はグッと上がる。それに『放浪記』は無名の若い女性が書いた日記。梶井基次郎、川端康成、谷崎潤一郎などといった錚々たる面々が活躍している時代に、誰がそんなものを読むんだ、という感じである。

しかし初版から売れ行きは絶好調で、『放浪記』はたちまち大ヒットとなった。その後の『続放浪記』と合わせて、何十万部も売れたという。当時としては考えられないほどの空前のベストセラー。というか、現代の販売数字でもそこまで売れる作品は少ないだろう。

手ぶらで大都会にやってきて、そのなかで生きていく小娘……。『放浪記』は連載中もかなり人気があったが、本屋さんに並ぶなり、数多くの読者の心を摑んだ。その秘訣は、ズバリ作者が自分自身を元に作り上げた、「宿命的に放浪者」という虚像である。チャンスを求めて、地方から上京したがっていた若者たちにとっては、その姿はいかに眩しかったことか。憧れと共感の嵐なわけである。

脚光を浴びるようになった芙美子は、私生活を切り売りしていることを咎められることが度々あったそうだ。当時の文豪たちもそうじゃないのかい？　と疑問に思わないでもないが、女性に向けられる目のほうがいつだって厳しい。文壇の反応はさておき、「普通の女の子の東京暮らし」を徹底的に解説することによって、彼女は当時のムードや若年層読者の期待をいち早くキャッチして、うまく波に乗れたとも言える。それこそめちゃくちゃ現代的なキャリア軌跡ではないか！

１９３０年代の日本においては、ぽっと出の素人（しかも女性！）が一躍時の人になるというのは相当珍しかったので、彼女が遂げた奇跡の出世は前代未聞だったと言っても良い。やはりふみちゃんは言葉遣いばかりではなく、仕事も人生も常に時代を先取りしていたのだ。

YouTubeで人気が出てミュージシャンになる人とか、ブログで何百万ＰＶを稼ぐ人とか、インスタグラムのフォロワーを虜にして人気モデルに変身する人とか……。昨今ではそのようなサクセスストーリーをよく小耳に挟んだりする。残念ながら芙美子はインターネットの力を借りるには早すぎたけれど、彼女がもし今生きていたら世界で絶大な人気を集めているキアラ・フェラーニより有名なインフルエンサーになれただろう。現に『放浪記』を通して、彼女の日常を覗いてみたい人たちがかなり多かったもの。

失礼を承知で言わせていただくと、写真を見た感じでは、ふみちゃんはイットガールの素質はなかったかもしれない。見た目はだいぶ地味。服装も飛び抜けておしゃれとは言い難い。しかし、チャーミングな文章、多岐にわたる話題と人生経験、そして「宿命的に放浪者」の肩書きだけで、イケたはず。仕事や場所に縛られないという、彼女が一生涯謳歌した自由さは、今時憧れのノマドライフそのもの。

自ら「放浪者」と名乗る林芙美子は、一旦東京でマイホームを築き上げるものの、すぐに旅心をそそられる。『放浪記』の成功によって手にした多額の印税をはたいて満州と中国を周り、戻ってからも慌ただしく執筆活動に勤しんだ。

ノマドワーカーやらモバイルボヘミアンやら、旅するように働き、旅するように生きるなんて、聞こえはいいが、常にお金を稼ぐというのはなかなか難しい。原稿用紙とペンだけで生計を立てていた芙美子もいつだって資金繰りに困窮していた。

それでも旅に出たい。

旅行することしか念頭にない彼女は狂ったように働き、早速次の企画を練り始めたのだ。今度はおフランス、夢のパリへと。

片道の切符を握りしめてパリへ

1931年11月のはじめに、芙美子は知り合いに見送られて、再び旅立った。

『放浪記』はだいぶ売れたといっても、彼女はその直前にも海外に行っているし、東京生活のスタート時点は赤貧洗うが如きありさまだったので、贅沢はできない。そもそも海外旅行なんぞ、庶民の女性がそう気軽に行けるようなものではなかった時代である。そこで無理して手に握りしめたのは、パリ行きの片道のチケットだった。帰りはどうするつもりだったんだろう、と考えただけで背筋が冷えるような恐怖に襲われる。パリで死んでしまっても良いという覚悟を決めて旅に臨んだ芙美子は、行った先々で原稿を書いてそれを日本に郵送し、現地に送られてくる原稿料を生活費に充てていたそうだ。

物語も命も紡いでいく28歳の一人の女性……。その切実な裏事情があるせいか、当時綴られた『下駄で歩いた巴里』は、ワクワクドキドキを感じさせてくれる最高の紀行文となっている。

シベリア鉄道で欧州に向かい、約半年をパリで過ごして、約一か月ロンドンに滞在した。今でもかなり勇気の要る旅路だが、九十年も昔に芙美子は一人で乗り込んだ。そして、今までしてきたようにあどけない視線を外の世界に向けて、見たままの風景を読者の前にイキイキと蘇らせる。

さて巴里《パリー》の第一頁だけれど、――初めの一週間はめちゃくちゃに眠ってしまいました。第一巴里だなんて、どんなにカラリとした街だろうとそんな風に空想して来たのですけれど、夜明けだか、夕暮れだか、少しも見当がつかないほど、冬の巴里は乳色にたそがれていて眠るのに適しているのです。

我が祖国の隣にあるにもかかわらず、私はパリを訪れたことは一度もない。学生時代を過ごしたヴェネツィアからだと、パリ行きの夜行バスも電車も出ていて、格安の航空券もいっぱい出回っている。本当にもったいないことしたな、と今更ながら思う。だから私の中のパリのイメージはやはり林芙美子をはじめ、森茉莉とか矢内原伊作とか、日本人の作家たちの言葉によって出来ている（どれもだいぶ古い……）。

それは華やかで優雅な都市風景ばかりではない。洗練された街並みの美しさはもちろん行間から見え隠れするけれど、どちらかというと哀愁が漂うメランコリックな感じ。「巴里へ来て二週間目、私はめちゃくちゃに街を歩きました。街を歩きながら、街を当度《あてど》なく歩いている人間の不幸さを知りました」と芙美子が淡々と書いているが、その言葉から作者の感性をありありと感じる。

旅をすると、その国の楽しい面だけに目が行ってしまうことが多いが、文学者である芙美子はどんな場所でも冷静に物事を見つめている。それはダンフェル街の下宿でも、青梅街道の飯屋でも同じ。上から目線でもなければ、自分を卑下するわけでもない。彼女は何もかも素直に受け入れている。

数日後に金が底をつく、というようなことが何度もあって、日本を懐かしく思う日々も少なくなかったようだが、大の楽天家の芙美子は綱渡りのような状態でも旅を楽しんでいく。

買物に行くのに、塗下駄《ぬりげた》でポクポク歩きますので、皆もう私を知っていてくれます。伊太利人の食料品屋では、あまり私がマカロニを買いに行くので、「お前の舌は伊太利がよく判る」そんな風なおせじさえ云ってくれます。

まぁ!! なんて可愛らしい!!

海外旅行が珍しかったなかで、お金の余裕がある人も、芸術や文学を学びたい人も、ファッションに目がない人も、様々な人種が世界中からパリに集まっていた時代。宿の周りをぶらぶらと歩き続けていた芙美子は何度か日本人とすれ違ったほどである。

しかし、他のヨーロッパの大都市に比べて日本人率がやや高かったと言えども、下駄で街を歩いている小柄な女性はものすごく珍しかっただろう。

興味津々の下町の人々の注目を集めて、話しかけてくる人もきっと多かった。その場で繰り広げられた身振り手振りの会話はとても楽しかっただろう。意思疎通が出来ないからこそ、その一つひとつの記憶が鮮明に脳裏に焼き付けられていくような経験が、私にもある。

日本の読者もまた、その無鉄砲な旅に突っ走る彼女の姿にドキドキしていたと思われる。「巴里まで晴天」と題されたエッセイに、約七ページに亘って作者の支出が事細かに記されている。『放浪記』の中でも帳簿をつけている項や浅草などで食事したときの勘定を記しているところがあり、リアリティたっぷりだ。当時の生活ぶりが知られ、そして芙美子のあいかわらずの貧乏っぷりに思わず笑えてくる。そのほんの一部はこんな感じである。

ところで、おせっかいながら、私は左《さ》に、東京から巴里までの私の旅行費用を書いて見ましょう。〔……〕

二十二日。

十五フラン（約一円弐拾銭）――列車内にて夕食フランス料理（スープ、魚の白いの、野菜サラダ、ビフテキ、アイスクリーム、ショコラ、コロンボミカン、葡萄酒）

二十三日。

五フラン（約四十銭）――巴里夜明《よあけ》着、赤帽代。

十フラン（約八十銭）――自動車賃。

計　下関から巴里まで約三百七十九円九十五銭。

メニューまで書いてくれているので、一緒に旅している気分になれる。三百円以上の出費は当時としてはかなりの大金なのでこちらまでハラハラしてしまうほどだ。ミカン何個、チーズ何切れ、切手代など、詳細に書かれており、一銭一銭を慎重に数えている本人の姿が鮮明に浮かび上がる。

ヨーロッパの長旅を終えて、日本に戻ってきても、芙美子は一箇所に留まることはなかったし、裕福に暮らすこともなかった。作家としても女性としても奔放に逞しく生きて、林芙美子はいくつもの顔を持つ人物であるが、私の妄想の中では、彼女はトランク一つを提げて、いつまでも歩いていく、うら若き一人の小柄な女性。

「巴里」と題された項は次の文章で締めくくられる。

ヨーロッパをめぐって、巴里は一番自由な国であり、お上《のぼ》りさんのよろこびそうな街だ。その自由な街に、私も約八ヶ月ほど住んでいたけれど、帰るまで私の仏蘭西語が片言であったように、こうして書いている私の巴里観も、ショセンここでは片言のイキを脱しないのである。

生まれ育った場所からずっと離れない人もいれば、どこにも根を下ろさない人もいる。ふみちゃんほど劇的な人生を歩む人はきっと少ないけれど、やはり人間は冒険に向いている生き物だ、とテクテクと歩く彼女の背中が教えてくれている。

林芙美子

今思えば、２００５年に地元の小さな空港から飛び立った私も、片道の切符を握りしめていた。

心臓がバクバクしながら飛行機に乗って、これからどうなるだろうと不安で気絶しそうになっていたけれど、知らない世界へと飛び出したその瞬間は旅の楽しさをかみしめていた。

「低収入独身女子」の希望

森《もり》茉莉《まり》（1903−1987）

キラキラネームの元祖

子供の名前をつけるのは、親の大変重要な仕事だ。一生使う大事なものだし、悩んで当然である。むしろ、とことん悩んでいただきたい。

90年代から爆発的に売れて、今でもイタリアの音楽界のトップに君臨している、エロス・ラマゾッティ王子。彼は1996年に「L'aurora（オーロラ）」という大ヒット曲をリリースし、当時のティーンエイジャーたちを熱狂させた歌手だ。その曲名はスイスのモデルとの間にできた娘の名前にちなんだものであり、彼女に捧げられている。それを聞いて、ステキッ!! とイタリア全土の女たちがため息を漏らすのであった。

自分の名誉のために言っておくと、甘ったるい曲ばかりを歌うラマゾッティ氏は昔も今もあまり好みではない。高校生の私はどちらかというとロックな感じだったので、カート・コバーン様のでかい顔写真をベッドの上に飾っていたくらいだ。クリムトの「接吻」のポスターをそれと並べていたから、今更ながら自分のセンスを疑う。

それから2010年代まで時間を早送り。

ラマゾッティ氏のコンサートで泣き叫んでいたティーンエイジャーたちが立派な大人になって、順調に結婚したり子供を産んだりして、偶然なのだろうか、「オーロラ」という女性の名前を頻繁に耳にするようになった。私の周りには、娘にその名前をつけた知人や同級生が四人もいて、かなり近い親戚にもオーロラちゃんが一人いる。

それがいわゆるイタリア版「キラキラネーム」の流行の始まりなのである。

そもそもカトリック教会の影響が強いイタリアでは、出生証明書に記載されている名前は洗礼名（クリスチャンネーム）と一致することがほとんどで、面倒な決まりがいろいろある。それを気にする人は年々減っていることも相まって、今となってはド田舎にある実家の近所でも、シャネルちゃんやケヴィンくんなど、インターナショナルな響きを持つ名前はもちろん、国内外のテレビタレントに触発されて、奇抜なネーミングに挑戦する人が増えている。

芸能人から一般人まで、日本でも個性溢れる名前をつけたい親は珍しくない。キラキラネームの読み方に対応すべく、戸籍法の見直しまで議論されているほどである。

ところが、その流行は目立ちたがりの著名人がつい最近始めたものかというと、そうでもない。意外に思うかもしれないが、記念すべきキラキラネームの元祖はなんと、かの有名な森鷗外先生なのだ。

彼は親が勧めた女性、赤松登志子と結婚して、1890年に長男が生まれる。その名は森於菟《おと》、初っ端からハイカラな感じ。性格が合わず、登志子との結婚はあまり長く続かなかったが、1902年に二度目の妻志げとゴールインしてから鷗外は四人の子供をもうけている。長女は茉莉。次女は杏奴《あんぬ》。わずか半年で夭折した次男は不律《ふりつ》。三男は類《るい》。みんな明治生まれだと思うと、なかなか派手なラインナップだと言わざるを得ない。

鷗外先生のみならず、その長男である於菟も、キラキラ伝統をしっかり引き継いでいる。長男の森真章《まくす》、次男の森富《とむ》は鷗外本人が命名したそうだ。その後に生まれてきた子供たちは、それぞれ森礼於《れお》、森樊須《はんす》、森常治《じょうじ》と名づけられ、どれも鷗外譲りのネーミングセンスを漂わせている。おじいちゃんはあの世からさぞ喜んでいたことだろう。

鷗外の影響を受けているかどうかは不明だが、親交が深かった与謝野夫妻まで、キラキラネームに手を染めている。フランスを訪ねて大変感動した結果、その後に生まれた四男はアウギュスト、五女はエレンヌちゃんと名づけられたのだ。ちなみに、アウギュストくんは途中で名前を改めているところを見ると、やはりそれはいくらなんでもちょっとやりすぎたのかもしれない。

一世を風靡した森鷗外先生。ドイツ留学の置き土産である『舞姫』に加えて、『雁』、『高瀬舟』や『阿部一族』など、数多くの名作を残しつつ、陸軍軍医総監の地位に上り詰めた明治時代のVIP的存在。

しかし、ザ・文豪らしい顔の裏には驚きのプライベートが隠されている。西洋かぶれなところは言わずもがな、長女茉莉への溺愛ぶりもなかなか衝撃的である。年ごろになっても娘を膝に乗せて可愛がるなど、二人の絆は密接すぎて、当時（下手すると現在も？）の常識を逸脱するものだったという。その一風変わった父娘関係のせいか、甘やかされて育ち、典型的な箱入娘だった森茉莉は、歳を重ねてもずっとお嬢さんのままであり続けたのだ。

幼少期はセレブの極み

今回の主人公、森茉莉は世間の常識と（ほぼ）無縁に生きた女性である。彼女は、自らの個性やユニークさによって周りを魅了し、独特な世界観がにじみ出ている作品を生み出していった。幻想的な、妖艶な世界を表現するのに長けており、どの作品をとっても感覚的な「少女らしさ」がムンムンと滲みでる。そのすべてが、大好きな「パッパ」と過ごした幸せな日々に由来していると言っても過言ではない。

そう、我々にとっては、森鷗外先生は教科書に出てくる、雲の上のような存在なのだが、茉莉ちゃんにとって、彼は、優しい「パッパ」なのだ。

茉莉ちゃんは1903年に、森鷗外（林太郎）と二度目の妻志げの長女として東京市本郷区駒込千駄木町に生まれる。

裕福な家庭環境および父親の独特の教育方針のおかげで、彼女は幼少期から身につけているモノも食べているモノも、すべて一流だった。お洋服はドイツやイギリスから取り寄せた品々ばかり、着物は日本橋三越で仕立ててもらっていたそうだ。ステーキやらチョコレートやらが食卓に上ることも珍しくなかった。一言で言うと、セレブの極み。処女作である『父の帽子』の中では、茉莉ちゃんが当時の様子を詳しく書いている。何度もしつこく……。たとえば、「幼い日々」というエッセイには次のような記述がある。

私は眼が大きくて口元の幼い、黄色い、痩せた子供だった。顔がむくんで、醜い感じになっている時が多かったが、大変に美しい子供になることもあった。父はそんな日には、

「おまりは今日は綺麗だなあ」

と言った。

父は時々独逸《ドイツ》から見本を取り寄せてその中から母と選び、私の洋服や帽子を誂《あつら》えた。父と母とが奥の間で、私の洋服を選んでいるのを見つけると、私は駆けていって父の背中に寄りかかり、肩越しにのぞき込んだ。父は私がいくらとりついても、うるさいという気配さえなかったので、私は時を選ばずよりかかったり、飛びついたりした。

はるばるドイツからお洋服を取り寄せているところを除くと、どこにでもありそうな家

族の風景だ。楽しそうにはしゃいだり、両親の周りで走り回ったりする茉莉ちゃんが可愛らしい。

『父の帽子』に収録されているエッセイはもちろんだが、他の作品にも似たようなエピソードが頻繁に紹介されている。しかし、壊れたレコードのように「おまりは上等、おまりは綺麗だなあ」と繰り返して、娘を褒めまくる鷗外を見せられているうちに、読んでいるこちら側はなんだか恥ずかしくなっちゃう。何をせがまれてもノーと言えず、愛情を注ぐ父……鷗外の公の顔とあまりにも違いすぎて信じられないばかりではなく、娘に向ける慈愛に満ちた眼差しがありありと感じられる。ややトゥ・マッチなくらい……。

2018年に、「パッパとの思い出」をテーマとしたアンソロジーが筑摩書房から刊行され、三百ページにものぼるその超大作は、『父と私　恋愛のようなもの』という題名がついている。おそらくそれでも著者が父・鷗外について書いた文章がすべて網羅されているわけではないが、森家のだいぶ変わった日常と父娘の濃厚な関係を十分に堪能できる。甘く、美しく、ちょっぴり切ない。とにかく濃い。ときに率直すぎて心配になるほどだ……。「初恋は父親」と語っていた茉莉ちゃんの深い愛が、言葉の端々からこぼれている。

ところで、『父と私　恋愛のようなもの』は、森茉莉の代表作の一つである『貧乏サヴァラン』やその他のエッセイ集を手がけた早川茉莉さんが編集されている。昔の作品は「早川暢子」名義で出版しているようだが、途中から大好きな森茉莉の名前にちなんだペンネームに切り替えている。鷗外が注意深く選んだその名前、やはり周りの人を魅了する何かが込められているのかもしれない……。

父親の庇護の下にスポイルされた茉莉ちゃんは、当然のごとく並みの女の子として育たなかった。身の回りのことはすべて女中に任せて、髪の毛や身体を洗うのも一人でできなかったし、小学校に上がってもまっすぐ歩くことすらできない。線を引いたり、時計を読んだり、そのような簡単なことを習うのにも大変苦労し、先生と同級生に「ぼんやり茉莉ちゃん」と呼ばれていた。

15歳になると、茉莉はフランス文学の研究者、山田珠樹《たまき》との婚約が決まって、二人はその次の年に結婚する。めでたいことでありつつも、大丈夫かしら？　と森家のみなさまはきっとハラハラしたことだろう。

『父の帽子』に収録されている、「刺」という文章には、婚約にまつわる出来事が綿密に描かれている。そのエッセイによると、縁談が決まった直後、茉莉の心が婚約者へと向くように、鷗外が意識的に娘に対して冷淡に接した。そこで、父を誰よりも愛している娘の悲しさが綴られる。

或時ふと私は、父と自分との間に或冷ややかさのあるのに、気がついていた。私は心の隅《すみ》でその空気を、気にしていた。何処《どこ》か夢を見ているようで、はっきりとしたところのない私は、ものを深くは考えない子供のような心持で、その冷ややかな空気を、訝《いぶか》っていた。その空気は父と私とのいるところになら何処にでも、そうしていつでも、横たわっているようだった。寂しい空気はいつになっても、なくならなかった。

結婚を控えているはずなのに、茉莉の目はやはり父親に向けられたままだった。

この文章は、作者が過去を振り返りつつ、当時の出来事を思い出して書かれたものだけれど、本人の心境が事細かに明かされている。かなりの月日が流れているにもかかわらず、除け者にされた寂しさは未だに消えていないかのように、その悲しい気持ちが痛々しく文章からにじみ出ている。

ずっとパッパと一緒にいたいと願っていた茉莉ちゃんだが、やがて彼と別の家に住むときがやってくる。それに直面した彼女は、「パッパとの想い出を綺麗《きれい》な筐《はこ》に入れて、鍵《かぎ》をかけて持っているわ」という決断にたどりつき、その想いは後に生まれる文学作品において醸成されるわけである。

花の都・パリからボロアパートへ

山田家に嫁いでからも茉莉の日常は大して変わらなかった。

おそらく鷗外もそれを見越して縁談を承諾したが、大変裕福な家庭であった山田家では、女中がたくさんいて、ぼんやりお嬢さんは家事に追われることもなく、舅にも可愛がられていたそうだ。その結果、彼女は成長する兆しを見せるどころか、むしろお姫様気質がなおいっそう顕著になっていったのだ。

1922年に、茉莉は一足早く渡欧していた夫の後を追ってパリへと旅立つ。当時は誰もが憧れていた花の都、パリ……。普通の若い娘なら天にも昇る心地になっていただろうが、茉莉の心には相反する感情が渦巻いていた。

娘が結婚した後も、冷淡な態度を貫き通していた父鷗外だが、見送りの際はさすがに感極まって悲しさを抑えることができなかった。もう二度と愛娘と会うことがないと予知していたかのように、鷗外は涙ぐみながら彼女に別れを告げたのだ。

幸いにして、茉莉はヨーロッパの生活を大いに気に入っていた。ピアノやフランス語を勉強し、楽しい日々を過ごしていた彼女は「巴里というものの中に嵌りこんでいて、まるで(巴里)を舌の上にのせて、アイスクリイムのように溶かしていた」というふうに、当時の気持ちを振り返る。自分が本物のパリジェンヌなんじゃないかと錯覚するほど、水を得た魚のごとく、茉莉は自由に街を楽しみ、フランスの文化に溶け込んでいった。

フランスの首都を拠点にして、イタリアやイギリスなど、いろいろなところに足を運んで観光した。海外で過ごした時間は結果的にそれほど長くはなかったが、当時目の当たりにした風景や生活ぶりが鮮明に記憶に焼きつけられ、後に紡がれる作品において反復され続ける。

五十年近く経ったあとに書いたエッセイで、「巴里は夕方になると、家も樹も人間も、犬も、水色の靄の中に沈む。色で言うと薄紫の町、巴里は恋の町である」などと綴り、読者の目に浮かぶほど、大好きな街の様子を克明に蘇らせている。遠く離れた日本に住んでも、思い出のパリは他のどの場所よりも独特の輝きを放つ。

しかし、パリへと旅立った同年の7月、ロンドン滞在中の茉莉は、鷗外の死の知らせを受ける。

父の体調が優れないと知らされて以来、彼女はすぐにでも日本に飛んで帰りたかったのに、夫の珠樹の勉強が中断するという理由で、夫や友達に止められていた。最愛の父の最期を見届けられなかったことに対する呵責の念に襲われて、茉莉は残りのヨーロッパ滞在を楽しむことなく、長い間放心状態になっていたそうだ。

やがて夫との仲が悪化し、茉莉はその間に生まれた二人の子供をおいて、離婚に踏み切る。その後、母親のもとにしばらく転がり込んでから、東北帝大医学部教授を務める佐藤彰と再婚を果たすが、わずか一年で再び離婚。

そこで自ら仕事を探して自立するなんて、茉莉ちゃんにはとうてい無理。

この頃からは知り合いのツテを頼って、ちょっとした翻訳やエッセイを手がけるようになっていたものの、座っているのもイヤでできれば寝そべって生活したいくらいの面倒くさがりの彼女には、積極的に活躍の場を広めたりする気なんて毛頭なかった。実家に戻ってすねをかじる、それが生きるための唯一の道だったのだ。

母親と暮らしたり、兄弟のところに厄介になったり、最後には一人暮らしに至るが、彼女はあいかわらずの不思議ちゃんで、目的もなくぶらぶらふらふら生きている。

そしてそうこうしているうちに……森鷗外の著作権が切れる時期がやってきたのだ。

安いアルバイト、親戚の情けと亡き父の印税収入でかろうじて生計を立てていた茉莉ちゃんに訪れた大ピンチなのである。上等の着物や貴重な本などを少しずつ売りさばきながら、ボロい一室での一人暮らしがきつくなっていく一方だ。

ところが、ほぼ一生涯無職でやり過ごした、生活力ゼロのチャーミングおばさんが、貧困に喘ぎながら絶望の淵に立たされていたかというと、ぜんぜん違う。ケロッとして生きていたというか、自らの周囲にこびりついている貧乏くささに気づいてすらいなかった。

少女のように不思議そうに微笑《わら》って、彼女は軽やかに人生を横切っていったのである。

BLや耽美小説の源流

1957年に、森茉莉は『父の帽子』と題されたエッセイ集を刊行して、第五回日本エッセイスト・クラブ賞を受賞したのをきっかけに、本格的な作家活動に入る。その作品を発表したとき、彼女はもう既に50歳を過ぎていた。

以来、鋭い切れ味のエッセイ、ヨーロッパ風味を漂わせる小説、退廃と純真の綾なす官能的な世界を描いた短編など……。ええ⁉　本当にこのぼんやりおばさん（失礼……）が書いているの⁉　と疑いたくなるような作品を次々と発表し、文学界の錚々たる面々を大いに驚かせて、肩苦しい文壇へとゆらゆらと参入していったのである。

室生犀星が彼女の独特のスタイルを褒め称えて、三島由紀夫がその奇想天外の発想を絶賛した。しかし、華やかな世界を描いた作品の原稿は、ゴミ屋敷のように荒れた下北沢界隈にあった狭い自宅の一室、もしくは近所のカフェで綴られたものだった。書斎代わりに使っていた行きつけのお店では、いつも同じ席に座って、コーヒーを一杯だけ頼んで、何時間もペンを走らせていた……。

茉莉ちゃんが作家デビューを果たしてから、何よりも注目されたのは、『ボッチチェリの扉』（1961年）、『恋人たちの森』（1961年、田村俊子賞受賞）、『日曜日には僕は行かない』（1961年）、『枯葉の寝床』（1962年）といった『父の帽子』に続く一連の短編作品の発表だった。そこには個性豊かな文体で綴られた退廃的な世界観が繰り広げられ、「夢」や「幻想」をキーワードとした独特な作風は当時の読者や批評家にとって異質に感じられただろう。

前記した四つの短編小説は、『恋人たちの森』と題された短編集に収録されているが、若き男女の儚い運命を描いた『ボッチチェリの扉』以外の三編は、同性愛を扱っている。60年代の日本にしては、珍しいテーマだ。人生の真昼時をとうに越えているおばさんが書いているのだから、なおさら驚きを禁じ得ない。

古典BLとでも言うべき『恋人たちの森』のうちの三編は、どれも美少年とダンディ男の破滅的な恋を中心として展開されている。登場人物たちは外国の雰囲気を醸し出す小洒落た生活をしており、舞台は日本であるはずなのに、読み進めるとおフランスに連れていかれた錯覚に陥る。

「〜ので、あった」というような独特な句読点の使い方、フリガナがないとやや困る当て字の連発、立体的な描写、豊潤な表現……とにかく濃厚。

1975年に完成された代表作の『甘い蜜の部屋』(泉鏡花文学賞受賞)は、作者が還暦を過ぎてから十年をかけて書き上げた一大長編小説。父親の思い出を大切にして生きた森茉莉ならではの作品で、本作は可憐で蠱惑的な美少女モイラとその父林作の濃密な愛の物語である。冒頭からかなり危険な感じがする……。

『甘い蜜の部屋』を通して、森茉莉は「父」と「娘」の物語を考え直し、そのプロットに新しい意味を吹き込んでいるように感じられる。林作に溺愛され、わがまま放題に育てられた主人公モイラは、天使のような美貌といかにも少女らしいしぐさで男たちを手当たり次第に翻弄していく。言うまでもなく、彼女の背景には、もう一人の絶対少女である作者森茉莉の姿を透かし見ることができる。

このようなラインナップなので、世間では森茉莉と言えば「耽美派」や「ロマネスク小説」というイメージが強い。作品のページを一枚一枚めくると、馥郁たる香りが漂い、薔薇の園にいるのではないかと思ってしまうのだ。花の蕾が開いて、咲き誇って、枯れていく。何百株、何百種類の薔薇の花に囲まれて、むんむんとした香りが充満する。甘くて、濃密な匂いで鼻の奥がツーンとくる。頭がクラクラ……深呼吸しようとして息がつまる……むせる……森茉莉作品の読書体験は、だいたいこんな風である。

どんなつまらないものでも、どんなつまらない場所でも、彼女のペンにかかると、多少息苦しさが感じられるくらい素敵に変身してしまう。なんの変哲もない街角、みすぼらしい一室、平凡な喫茶店……。どこもかしこも小洒落た舞台となり、その上に絶世の美女美男がしなやかに動いている。衣装、小道具、セリフ一つひとつが徹底的に計算され、やや芝居がかったものになっていても、その華やかな演出に目を奪われる。

たとえば、『ボッチチェリの扉』のクライマックスの部分、自動車事故で死んでしまううら若き恋人たちが、最後に生きた姿を見せる場面はこうだ。

絵美矢と恵麻は、何故かわからぬが、二人が何処かへ行ってしまうような気がするので、黙って立って二人が立去るのを、見ていたのである。二人が最後に見た麻矢は、亮太の肩越しに見た美しい帽子で、あった。米国兵のピータアが送って来た、スウェータアの色に合せた薄い、燻《くす》んだ薔薇色の、毛の長い毛皮のカノチエ型の帽子で、リボンは固い地の木目《もくめ》で、濃い薔薇色である。

すごいディテール、すごい色コーデ、何もかもがすごい。登場している人物の名前が当時にしては結構変わっているのは、もちろん言うまでもない……。

何も起こっていないのに、(むしろ何も起こっていないからこそ)物語のシーンに魅入られて、その美しすぎる瞬間をずっと眺めていたい気持ちが芽生えてくる。

しかしもし森茉莉が、『甘い蜜の部屋』や『恋人たちの森』といった類のものしか書いていなかったら、私はおそらく彼女の文学にそこまでハマらなかったと思う。

もちろん、茉莉ちゃんエキスが十二分に凝縮された小説は大好物だが、こうした文章にうっとりしてしまう半面、彼女のあっけらかんとした性格、辛辣なウィット、どうしようもない可愛らしさの部分までさらけ出されているエッセイはそれよりもさらに好きだ。

密度の濃すぎる『甘い蜜の部屋』のような作品は、何度も読み返すのはさすがにキツイけれど、茉莉ちゃんの不可思議な日常の一部を公開してくれる作品は折に触れて読みたくなる。そしてその底抜けの明るさと並外れた美的センスに思わず感動する。

「贅沢貧乏」に生きる

最初に読んで、否応なく惹かれたのは『贅沢貧乏』である。

それは小説とも、随筆とも、エッセイともつかない、いかにも森茉莉らしい画期的な作品だ。作者の目にしか見えない綺麗な世界、名高い宝石蒐集家の秘蔵の逸品ばかりを一粒ずつ拾い集めたかのように思われるほどの、多彩な言葉。気づけば、わー素敵！　と言ってしまう自分がいる。

牟礼魔利《むれマリア》の部屋を細叙し始めたら、それは際限のないことである。〔……〕魔利の部屋にある物象という物象はすべて、魔利を満足させるべき条件を完全に、具《そな》えていた。空罎《あきびん》の一つ、鉛筆一本、石鹸《シャボン》一つの色にも、絶対にこうでなくてはならぬという鉄則によって選ばれているので、花を呉《く》れる人もないがたとえば貰ったり、紅茶茶碗、匙《さじ》、洋盃《コップ》の類をもし人から貰ったとすると、それは捨てるか売るより他《ほか》に、なかった。

魔利はもちろん茉莉本人と同一人物である。

夢と現実は、極めて薄い皮膜で隔たれていて、その距離は次第に小さくなっていく。魔利こと茉莉はそのようなふわっとした雰囲気を纏った日常の中にぼんやりと浮かんでいる。一流のモノに囲まれて育ち、彼女はどうしようもなく貧乏になっても貴族の気質を一切失わなかったと言える。しかし、「貴族の気質」と聞くと、お高くとまったスノッブな人を連想しがちだが、森茉莉ワールドにおいては「貴族」や「贅沢」は通常の意味と一味違ったものになっていることに注目すべきだ。

『贅沢貧乏』の中には、主人公の部屋の様子が非常に細かく表現されていて、著者が貧困極まるアパートの一室に美の王宮を築いていく過程が認められる。フィクションでありながらも、残された写真から判断すると、その幻想的な空間が、森茉莉の本当の住まいに酷似していることも明らかだ。

本立ての横には、去年の夏の枯れた花が、硝子《ガラス》のミルク入れに差してある。橄欖色《オリイヴいろ》の萼《がく》と茎、黄ばんだ中に胡粉《ごふん》の繊《ほそ》い線が浮び上っている、小さな薊《あざみ》のような花である。花の色は黄ばんで脆《もろ》くなったダンテル（レエス）の色であり、萼と茎との色は伊太利《イタリア》の運河の色である。金黄色《きんいろ》の口金の、四角な、宝石のような鏝、アリナミンの小鏝に立てた燃え残りの蝋燭《ろうそく》は、暗い緑である。

空き瓶や枯れた花（しかも去年の夏!!）がこんなに素敵に映えるとは……茉莉ちゃんしか成せない奇跡である。彼女は六畳の部屋にヨーロッパの夢を飾り、それにうっとりして、恍惚とした。

この小説のような、エッセイのような、自伝のような文章を読み終わったら、どこか夢から醒めた気分を味わい、森茉莉という女性に恋をせずにはいられない。そして、彼女の超凡な空想力と想像力によって構築された架空の部屋をそっと覗いてみたくなるものだ。

現実。それは「哀《かな》しみ」の異名、である。空想の中でだけ、人々は幸福と一しょだ。私は現実の中でも幸福だ、という人があるかも知れないが、そういう人は何処かで、思い違いをしている。

好きなモノをできる限り集めて、夢に陶酔し、森茉莉は花と硝子の素敵な空間の中で生きていた。そこは他人にとって、足の踏み場がないほど、ちらかったゴミ屋敷だったかもしれないけれど、彼女にとっては、イタリアやフランスを思わせる美しい夢の部屋だったのだ。

私は海の近くで育った。子供のときの夏は一日も欠かさず、ずっとビーチに通い、朝早くから駆けつけて、日が落ちるまで一心不乱に遊んでいたっけ。夕暮れ、潮の引いた浜辺には、貝殻やガラス片がいつも残されていたが、それを集めるのに夢中になっていた。ただのゴミと言えばそうだが、一つひとつ手にとって、注意深く吟味して、気に入ったものを手に提げた小さいバケツに入れる。ガラスのカケラは特に好きだった。波にもまれて角がなくなり、触ると気持ちが良い。暮れゆく夕陽の、金色に染まった光を反射し、小さな手の中でキラキラと丸く閃く。

私はそれがとても美しくて、宝石のように思っていたのに、残念ながら、母はあまり賛同してくれなかった。砂だらけのガラクタを家の中に持ってくるんじゃない！　と、あんなに苦労して集めた宝は、即座にゴミ箱に捨てられていった。こっそり持ち帰ろうとしても、無駄。いつもバレていた。

茉莉ちゃんは、海辺に落ちているガラス片を楽しそうに拾う子供の心を、80歳になっても持ち続けるピュアな人だった、と私は思う。

彼女が「贅沢」と言っているモノは、大抵の場合、何の価値もない生活の砕片にすぎない。普通の人が見たら、取るに足りないモノ、見向きもされない使い古した不用品ばかりだが、茉莉ちゃんはその品々を嬉しそうに手のひらの上に乗せて、「ほら、素敵でしょう?」とニコッとしながら、私たちに見せている。

水面に菫《すみれ》を浮かべた古びた陶器。狭い壁にかかっている色あせた絵画。食べ終わったチョコレートの、鮮やかな花々が映える光沢感のある包装紙。可愛らしいラベルが貼ってある洋酒のボトル……。彼女が惚れ惚れしているモノたちは、間違いなくただのガラクタである。

整理整頓の達人として世界中に名を馳せている、「KonMari」こと近藤麻理恵さんが、もしそんなごちゃごちゃした部屋の前を通りかかったら、絶句するに違いない。近藤さんによると、「ときめくかどうか」の基準で残すモノを決めるらしいが、茉莉ちゃんの場合はなんだってときめいちゃう。可愛い柄の紙くず一つも捨てられないわよね。ここ数年流行っている断捨離なんて無理、ミニマリストライフスタイルももってのほか。

森茉莉の人生を支え続けていたその揺るぎない信念や独特の美意識は、次の文章の中に凝縮されている。

だいたい贅沢というのは高価なものを持っていることではなくて、贅沢な精神を持っていることである。容れものの着物や車より、中身の人間が贅沢でなくては駄目である。指環かなにかを落したり盗られたりしても醜い慌てかたや口惜しがり方はしないのが本ものである。我慢してしないのではなくて、心持がゆったりしているから呑気な感じなのである。

いろいろなこだわりを持っているようでいて、実はモノに対してそこまでの執着がなかった茉莉ちゃん。彼女にとって、もっとも大事なのはモノを買うお金ではなく、内面世界を豊かにする「心の年収」だったのだ。桁違いの「心の年収」を蓄えることができたからこそ、彼女は悲壮感ゼロの貧乏人になれたのではないだろうか。

食いしん坊の茉莉ちゃんは生活費を切り詰めて、上等のバターやら、高級なイギリスの紅茶やらを買ったりしていたそうだが、彼女が決して手放そうとしなかった一番の贅沢品は、感覚的な「若さ」だったと思う。

素敵なモノを見かけたら、少女のように心の底から喜ぶ若さ。日々の生活の重みを感じない若さ。周りの人はどう思っているのか、まったく気づかない無邪気な心。そんな彼女の書いた文章や言葉には輝きを失わない力と重みがあり、万人受けはせずとも、読んでいる人を強く、深く惹きつける魅力が備わっている。

身体が老いることは避けられないけれど、ゆるっと、優雅に輝き続けることならできる、と森茉莉が教えてくれる。

森茉莉

私は年をとって髪が真白になったら、黒い服装《なり》をして、大きなダイアモンドだけが指に光っている素敵な老婦人になろうと、生意気にも企《たくら》んでいた〔……〕

知られたブランドではないかもしれないし、カットもお粗末なのかもしれない。よく見るとちっぽけな偽物、ただのガラスの可能性だってある。しかし、森茉莉がそのダイヤモンドを指に嵌めると、それが不思議な光を帯びてくる。私たちはその唯一無二の輝きを少しでも覗き込もうと、再び夢の世界へとのめり込んでいく。

素人の美学を極めた「遅咲き」代表

幸田文《こうだあや》（1904－1990）

美味しそうな文章を書く作家たち

朝はコーヒーの匂いで目が覚める。コーヒーとは言っても、もちろんエスプレッソだ。美味しそうにインスタントなんかを啜っている人たちの神経がわからないわよね！　あれはただの泥水じゃん。直火式マシンを使わないと話にならない。コポコポという音とともに濃い目のコーヒーが湧いてきて、いい香りがフワッ〜と広がる瞬間はプライスレス……というのは一般的なイタリア人が言いそうなセリフだ。

期待を裏切るのは非常に心苦しいが、私は牛乳たっぷりのカフェラッテならかろうじて飲めても、エスプレッソは苦手。しかもそこら辺のコンビニエンス・ストアで売っているやつで十分満足している。

パルメザンチーズの匂いが嫌で食べられない。ワインは悪酔いしちゃうから、もっぱらビール党。オリーブオイルや調味料ときたら、スーパーで売っている一番安いブランドを迷わず手にする。もうこんな感じなので、いつイタリアのパスポートを剥奪されてもおかしくない私である。

イタリアっぽさにこだわらないばかりか、基本的に料理全般に関して興味が一向にわいてこなくて、材料を切る以上の努力を有するレシピは最初から諦めている。誰かと楽しく飲み食いするのは大好きだが、一人でいるときは腹さえ満たされれば良いのだ。ここだけの話、お皿に移すのが面倒臭くて、ツナを缶から直接食べた前科があるくらいだ。まったく自慢にならないけれど……。

英語では「opposites attract（性格や好みなどが正反対の人が惹かれ合う）」という表現がある。その不思議なメカニズムのせいなのか、究極の味覚音痴、こだわりゼロの私は、なぜか料理の話が出てくる小説やエッセイが大好物なのだ。

昭和の台所でふつふつコトコト長時間煮込んだカレーを出してくる向田邦子とか。形容詞を惜しまずに自分好みの味にうっとりする森茉莉とか。読みながら、無意識のうちによだれが垂れてきて、あれやこれや想像してしまう。ただし、自分で作ろうとは一切思わない。

たとえば、森茉莉の『記憶の絵』に収録されている「卵」というエッセイには次の文章がある。

> ザラザラした真白な殻の色は、英吉利麵麭《パン》の表面の細かな、艶のある気泡や、透明な褐色の珈琲、白砂糖の結晶の輝き、なぞと同じように、楽しい朝の食卓への誘《いざな》いを潜めているが、西班牙《スペイン》の街の家のような、フラジィルな（ごく弱い、薄い）代赭《たいしゃ》、大理石にあるような、おぼろげな白い星（斑点）のある、薔薇色をおびた代赭、なそのチャボ卵の殻の色も、私を惹きつける。

日本語の豊かさと著者の鋭い洞察力をしみじみと感じさせてくれる美文。どれだけ卵が好きなんだ！　と思わずご本人に聞きたくなる。卵の味だけではなく、その形や色味、他の食べ物に合わせたときの美味しさ……。こんな楽しい文章をスラスラ書ける人は珍しい。少なくとも味覚の鈍い私にはとうてい無理だ。

幸田文もなかなか美味しそうな文章を書く作家だと私は思う。風味や見た目にとどまらず、彼女の視線は目先にあるモノを飛び越えて、台所全体を見渡す。正確な動きで野菜を切ったり、洗ったり、ご飯を拵えたり、使った道具をキレイにして元どおりの場所に戻したり……幸田文は私がとことんできないことをしなやかな動きでやってのけるのだ。

「台所」という魅力的な空間

「新潮」1962年6月号に掲載された短編小説『台所のおと』には、まさに私が気づきそうにないディテール、台所の裏事情に関する描写が多い。

　しゃあっ、と水の音がしだした。〔……〕

なにか葉のものの下ごしらえ――みつばとかほうれんそう、京菜といった葉ものの、枯れやいたみを丹念にとりのける仕事をしているにちがいない。〔……〕あきは棚のほうへ移ってなにかしている気配で、やがてまた流し元へもどると、今度は水栓全開の流れ水にして、菜を洗いあげている。佐吉はその水音で、それがみつばでなく京菜でなく、ほうれんそうであり、分量は小束が一把でなく、二把だとはかって、ほっとする安らぎと疲れを感じる。

これは病気で寝込んでいる料理人の佐吉の立場から書かれている文章だ。野菜を洗っているのは、妻のあき。二人は20歳ほど年が離れており、一緒になってから十五年が経っている。夫婦が切り盛りしている小さな料理屋は、座敷が二つだけの粗末な店だけれど、その味が気に入っている常連客が何人もいて、商売はそれなりに安定している。

この『台所のおと』における出来事はすべて虚構だ。とはいえ、引用文から感じられる視線は、毎日台所に立って、料理に向き合ってきた人のものである。言い換えれば、作者の幸田文は、料理人になりきって書いているのではなく、彼女自身が日々台所の音に耳を傾けている人だということが明らかだ。そして、リアリティ溢れる文章だからこそ、時代設定が戦後間もなくになっているにもかかわらず、今もなお新鮮な印象を残し、現代読者の心を摑む力がしっかりと備わっている。

台所は家、とりわけ家族の中心だとされている場所であり、女性の世界の中心であるべきとも長らく考えられてきた。それが故に、場合によっては窮屈だと思われることもあれど、それと同時に漠然とした魅力が詰まった空間でもある。

火が燃えるし、引き出しの中には刃物が入っているし、危ない側面がある一方で、ご飯を拵えて家族の健康をいたわる場所だ。煮たり、焼いたり、炙ったり、いろいろな調理方法を駆使して、ありとあらゆる材料の形も味も変化させていく。料理ができない私からしてみれば、それだけでも魔法のようなものだ。

その独特な魅力があるからなのか、台所という空間やご飯を作る過程が文学作品のなかでもよく登場する。

最近のものでパッと思いつくのは、小川糸の『食堂かたつむり』、まったりゆったり進む、群ようこの『かもめ食堂』とか。今思えば、私が最初に手に取った、イタリア語に翻訳された日本文学の小説も台所、正確に言うとキッチンの話だった……。

私がこの世でいちばん好きな場所は台所だと思う。

どこのでも、どんなのでも、それが台所であれば食事を作る場所であれば私はつらくない。できれば機能的でよく使い込んであるといいと思う。乾いた清潔なふきんが何枚もあって白いタイルがぴかぴか輝く。

ものすごく汚い台所だって、たまらなく好きだ。

床に野菜くずが散らかっていて、スリッパの裏が真っ黒になるくらい汚いそこは、異様に広いといい。ひと冬軽く越せるような食料が並ぶ巨大な冷蔵庫がそびえ立ち、その銀の扉に私はもたれかかる。油が飛び散ったガス台や、さびのついた包丁からふと目を上げると、窓の外には淋しく星が光る。


こちらは、吉本ばななのベストセラー、『キッチン』の出だしだ。

『キッチン』は、確かなものであるはずの家族を、一人ひとり喪っていく主人公の孤独の物語。作者は台所という独特な立脚点から日々の出来事をスケッチしながら、現代社会の人間関係を描いていく。ところで、作中の台所には人の姿が滅多にないし、料理を作る場所であるというのはどうしても実感が湧かない。現に、小説『キッチン』においては、食べ物が出てくる場面が二、三箇所しかなく、そのときでさえ料理はあまり描写されていない。サラダや玉子焼きなど、手間のかからないものばかりが出前で運ばれてきたかのように、唐突に食卓に登場する具合だ。

そのどこか無機質な空間と違って、幸田文の台所はいつも人が忙しなく動き回り、味、匂い、音、色などが溢れ出る小さな世界として描かれている。「私はものを読まない。世間に交わらない。台処にいるのが安気である。いわば目しいも同然である」と作者本人が堂々と宣言している通り、「台所」はご自身にぴったりな居場所のようだ。さらにその小さな世界は、彼女の筆にかかると、何とも言えない心地良さがあり、妙に広く感じられる。たとえ私のような非家庭的な人間であってもつい惹き込まれてしまうわけである。

しかし、女性が宿る「台所」を舞台に、どのようなドラマが起こりうるのだろうか。また、幸田文にとって「台所」を語るという行為はどのような意味合いを持っていたのだろうか。

プロの作家としてかなりの成功を収めた彼女は、いつでもその狭苦しい「台所」を脱出できたのに、むしろそこから一歩も離れようとはしなかったように思える。それは一体なぜなのか。

お稽古のじ・か・ん・

その謎を解くには、まず幸田文の人生に多大な影響を与えた人物、父・幸田露伴の存在を看過することはできない。そうそう、あの幸田露伴、尾崎紅葉と一緒に一世を風靡して、「紅露時代」と言われるほど騒がれた大御所作家である。

幸田文は幸田露伴（本名：成行）の次女として生まれた。

幸田家で働いていた女中などの証言に基づき、作者は『みそっかす』という自伝的な

幸田文

エッセイの中で、自らの誕生の様子を次のように語る。

明治三十七年九月一日。暴風雨《あらし》のさなかに私が生れたという。命名の書にはただ文《あや》とだけ。第一子は母体を離《はな》れぬうちに空《むな》しくなったが、これは男子であったそうな。位牌《いはい》には夢幻童子《むげんどうじ》とあった。第二子は女、歌という。父は三子に男を欲していたという。そこへ私が出て来たのである。

恵《めぐ》まれた子を喜ばぬということはもちろんあり得ないけれど、男子を待ち望んだ心には当外《あてはず》れの淋《さび》しさがあったのだろう。産褥《さんじょく》の枕《まくら》もとから立ちあがる父と入れかわりに、葛湯《くずゆ》をすすめに行った下婢《かひ》おもとは、母がほろほろと涙《なみだ》を流しているのを見、「女だって好《い》い児《こ》になれ、女だって好い児になれ」とくりかえしているのを聞いたという。

「みそっかす」は価値のないもの、一人前に扱われない子供の喩えとして使われる言葉だ。幸田家は、学術や芸術で秀抜な一族であった。親戚には歴史学者の幸田成友、ピアニストの幸田延、ヴァイオリニストの安藤幸などがいて、親族の集まりにはどんなインテリの会話が飛び交っていたのか、想像すらできない。

そうしたなか、娘が物心ついた頃から、露伴は彼女に向かって学問や芸術に向いていてないないと宣言したそうだ。当然、文の心には愛されない娘、父親の希望を裏切った娘という傷が深く刻まれた。露伴自身はと言えば、最初は息子を欲しがってがっかりしたかもしれないけれど、やがてその感情は娘への愛情に変わっていった。

文はまだ幼いときに、母と姉が続いて亡くなり、後に弟も肺結核で亡くす。露伴が再婚するも、継母との関係はあまりうまくいかず、文豪本人が娘の教育を自ら全面的に背負うことになる。

露伴先生直伝の教えだから、哲学や歴史とか、中国の古い文学や言語学など、そういった硬い学問がまず頭に浮かぶだろう。難しい漢字だらけのガチガチな文語体を操る知識人だもの。

ところが、その教育内容と指導方法ときたらまったく意外なものだった。露伴が娘に教えていたのは、まさかの雑巾の掛け方。障子の張り替え方や近所への正しい挨拶の仕方。魚の捌き方や米の研ぎ方……。

そこで一瞬だけ思い浮かべていただきたい。着物に身を包んで、厳かな雰囲気を醸し出す露伴先生。そんな慶応生まれの気難しい中年男性が、少女と並んで、慎重に雑巾を絞ったりしているお姿を……。なんてシュールな絵だろう！

そのイメージにはやや私の妄想が入っているものの、現実からそう遠くないはずである。『みそっかす』や『こんなこと』など、幸田文の初期作品にはその風景が実にイキイキと語られており、ページをめくることで大先生の自宅である蝸牛庵の中を覗くことができる。

掃いたり拭いたりのしかたを私は父から習った。掃除ばかりではない、女親から教えられる筈《はず》であろうことは大概みんな父から習っている。パーマネントのじゃんじゃら髪にクリップをかけて整頓することは遂に教えてくれなかったが、おしろいのつけかたも納豆の切りかたも障子の張りかたも借金の挨拶も恋の出入りも、みんな父が世話をやいてくれた。〔……〕

はっきりと本格的に掃除の稽古についたのは十四歳、女学校一年の夏休みである。教育は学校の時間割のように組織だってしてくれたというのではない。気の向いた時に教えてくれるのだが、大体十八位まではなかなかやかましく云われた。処は向嶋蝸牛庵の客間兼父の居間の八畳が教室である。別棟に書斎が建つまでは書きものをする処にもなっていい、子供は勿論、家人も随意な出入りは許されていなかった、いわばいかめしい空気をもった部屋であった。

すごいというか、ちょっと怖い。見方によっては児童虐待すれすれの状態だとも言えるかもしれない。毎日何時間も、父親が家事の真髄について力説するのを聞かなきゃいけないなんて、まさに地獄絵図だが、不思議なことに、娘の言葉からは暗さや不満などは微塵も感じられない。

幸田文は雑学の大家という意外な一面を持つ父親との日常を事細かに叙述しながら、記憶を辿り、ノスタルジー溢れる切なくも美しい時代、失われた時間へとゆらゆらとさかのぼっていくのである。その歯切れの良いリズム感、流れるような滑らかな文体が、執筆活動開始早々絶賛されたことは言うまでもない。

しかし、本や学問に囲まれて育ったにもかかわらず、幸田文は作家になる気は毛頭なかった。結婚し、子供を産み、夫の商売が傾いた時は自らお店に立って働いた。離婚した後、父親の元に戻って、彼が死ぬまでずっと世話をし続けて、献身的に看病した。娘の鑑であり、昭和時代基準だと、絵に描いたような理想の女だ。

人生のターニングポイントは父親の死の直後に訪れた。

文は編集者に口説かれて幸田露伴の思い出を綴った文章でデビューを果たす。自分と無関係だと思っていた文学、彼女はついにその未知の領域に足を踏み込んだのだ。

ネポベイビーは昭和時代にもいた

そのデビューはやや唐突に思えるかもしれないが、まず時代背景を加味する必要がある。

1940年代後半の日本では、一般人はまだ文壇について興味津々であり、有名作家はスーパースター同然の存在だった。つまり私たちが芸能人のゴシップが知りたいのと同じく、昭和の人々は文人ネタにものすごく関心が強かったのだ。

たとえば、谷崎潤一郎と佐藤春夫にまつわる有名スキャンダル、いわゆる「細君譲渡事件」。

谷崎が妻を渡す渡す詐欺を働いて、二人の文人が絶交。そしておおよそ九年の月日が流れて、谷崎氏が佐藤春夫と和解し、やっと件の妻を彼に譲った。その前代未聞のドロドロ劇は二人の作家が書いた作品の題材になって、いろいろな雑誌でも報道された。ときは1930年ごろ、読者が大いにざわついた。

太宰治の波乱万丈の人生も40年代後半で幕を下ろすが、女だの、借金だの、噂が絶えなかった。彼の恩師・井伏鱒二や他の仲間たちが思い出を綴った文章を発表し、太宰のめちゃくちゃな日常を明かした。森茉莉や小堀杏奴は父・鷗外について書き、時期的には少しあとになるが、萩原葉子は父・萩原朔太郎、坂口三千代は夫・坂口安吾について語った。

このように大正・昭和期に活躍した文豪たちは、破廉恥な人が多くて、彼らやその周囲を取り巻く騒動こそ小説と同じくらい面白かったし、編集者どもが読者のニーズに応えるべく、そのテの文章が提供できる娘や息子たち、妻や愛人などを探し回っていた。それを読みたくてしょうがなかった人がかなり多かったからだ。

今なら「ネポベイビー」と揶揄されてもおかしくないが、この時期には、親の七光りを利用して文章を書いたりしていた二世セレブは驚くほど多かった。幸田文もその一人だ。太宰や安吾ほど破滅的ではなく、谷崎や鷗外ほどハイカラな人生ではなかったけれど、露伴先生もそれなりにファンがいて、文豪の素顔を知りたがっていた。

しかし文章を書くにつれて、幸田文は次第に疑問を抱くようになり、求められるがままに始めたその執筆活動を、続けるべきかどうかについて悩んだ。そして1950年4月7日に、「夕刊毎日新聞」にて断筆宣言を突然発表して、次のように語る。

自分として努力せずにやつたことが、人からほめられるということはおそろしいことです、このまま私が文章を書いてゆくとしたら、それは恥を知らざるものですし、努力しないで生きてゆくことは幸田の家としてもない生き方なのです

稀に見る真面目さ。幸田文が「書く」仕事に対してどれほど高い志を持っていたか、行間から伝わってくる。「父の語り部」という形で終わりたくなかった彼女は、世間から姿を消して、自分の道を切り拓いていくことを決心した。

しかしこの文章で注目しないといけないのは、宣言されているのは完全な引退ではないということである。

書かない決心ですが、人間のことですからあるいはまた書きたくなるかもしれません、その時には父の思い出から離れて何でも書ける人間としてでなくてはなりませんし、そうなつたらどんなに悪くいわれようとも書かなくては済まないでしょう、そうなるかならないか、私にはわかりません、私は間違つているのでしょうか。

ここから自分探しとでも言うべき時期が始まるが、彼女がとった行動は本当にドラマチック!! なんと幸田文は身分を隠し、芸者置屋での住み込みの女中として働き始めたのだ。普通の人はそんなこと、絶対に思いつかないだろうな……。

言ってしまえば、作者は執筆から離れて、再び「台所」に逃げ込んだのだ。

アラフィフの専業主婦が「芸者置屋」に飛び込む

今どき「芸者置屋」や「女中」という単語はかなり古めかしい響きを放つ。もちろん当時はもう少しポピュラーだったけれど、花街はかつての輝きを失いつつあったとも言える。家族の世話しかしてこなかったアラフィフのおばさんが急に働きに出るなんて、確かにハードルが高い。しかもそんな没落しかかった業界にわざわざ飛び込んだりする⁉

これはおそらく私が得意としている妄想に過ぎないが、文はやはり最初から「物語」の可能性を嗅ぎつけていたのではないかと思う。その意味においては、就業期間が短かった割に得られた結果はとても大きかった。

その結果とは、『流れる』という小説。幸田文は沈黙をやぶって、文学界へカムバック！働く女子というテーマは身近に感じられるが、「芸者置屋」となるとどうだろうか。日本人にとっても、その実態はやや謎に包まれている。しかも小説の連載が始まった時期に、いわゆる赤線廃止令（昭和32年に施行した「売春防止法」）が出たばかりだったので、話題性もあってタイムリー。テーマのチョイスといい、発表時期といい、偶然だけではそこまで上手くいかないはずだ。

その好機を活かす力には幸田文の物語に対する優れた嗅覚、小説家魂がしっかりと表れている。

小説の舞台は、「橋のこちら側」（つまり「芸者の世界」）、主人公は中年女性の梨花。柳橋の芸者置屋での仕事初日で物語が動き出す。

そのときまで家の外で働く経験をしてこなかった梨花は、新しい世界と接触し、その独特の環境でしか通用しない特有のルールや暗黙の了解を少しずつ身につけていく。作者の幸田文と同じように。

梨花が住み込んだ芸者置屋の名前は「蔦《つた》の家《や》」だ。小説の主な登場人物は「蔦の家」に住んでいる人々であり、それは昔評判をとった主人、実の娘勝代、姪の米子、その幼い娘不二子、そしてそこで働いている蔦次、なゝ子と染香という三人の芸者である。オール女性メインキャストだ。

かつて繁盛した「蔦の家」は今や傾きつつあるし、主人は借金や他の問題で悩んでいる。物語は、花柳界について何も知らない主人公の梨花の戸惑いから始まり、彼女は文字通り何をすれば良いかわからない有様である。

このうちに相違ないが、どこからはいっていいか、勝手口がなかった。

勝手口へ通じる道が閉ざされていて、素人の梨花はどこから入ればいいか、さっぱりだ。しばらく外で立ち尽くした後に、恐る恐る玄関から入り、声をかけることにする。入り口が紛《まぎ》らわしくなっているのも、梨花が当惑しているのも、小説を通して主なテーマとなっている素人／玄人の対立を示していることが最初から明らかだ。

「しろうとさんね？」――だめか、とかんぐった。「しろうとの人でもいいのよ。しろうともくろうとも、たべて働いて寝て、……つまり家事雑用はどこでもおんなじだもの。」

> つまり家事雑用が珍しい響で聞こえ、すこし気楽なものがこちらの堅くなったしろと臭さへ緩《ゆる》く浸《し》みてきた。「まあ、いてみたら？　どっちかって云うと、若いのよりあんたみたいなとしよりのほうがいいのよ、ものを知っているからね。」

仕事をするチャンスを与えてもらい、梨花は「蔦の家」の世界へと入り込んでいく。しかしそこに出入りする人々は、彼女が素人であることに対して非常に敏感に反応する。家を案内してもらうとき、近所の人と知り合うとき、お風呂を準備するように指示されるときなど、誰もが梨花に向かって「素人」という言葉を口にする。

　ところで、嫌味を言われても梨花はあまり気にしていないご様子。散らかっている玄関、汚い台所、着物の色や模様、「蔦の家」の女たちのしゃべり方や仕草、彼女は新しい環境のすべてを注意深く見つめて、吸収していく。

　こうして『流れる』は文壇の勝手口からその世界に入り込んだ素人、作家・幸田文の成長の物語としても読めるだろう。幸田文と梨花は芸者置屋での経験ばかりではなく、素人から玄人になるまでの成長過程の体験も共有している。主人公も作者も自らのスタイルを確立してゆき、周りにそれを認めさせ、終わりの頃には立派な一人前になっているのだ。

自由への勝手口

『流れる』の好評に背中を押されたかのように、幸田文は短編や長編小説を矢継ぎ早に発表し、随筆やルポルタージュにまで手を出して、どんどん活躍の場を広げていった。「露伴の語り部」で終わりたくなかった彼女は、文豪の娘であることを読者にすっかり忘れさせ、独自の声を見出すことに成功した。『おとうと』という小説では、自らの実体験を下敷きにしながら献身的に看病する姉になり、『黒い裾』では母親名代でお葬式に出される少女になって、自分の足跡を刻むようにして文筆に向き合い続けたのだ。

行事などにはお上品な着物姿で現れて、素敵な笑顔を振りまき、何をやってもパーフェクト。常識的に振る舞い、優秀で真面目。ザ・優等生だ。少し鼻につきそうなくらいに……。

同じネポベイビー仲間にしては真逆な性格だった森茉莉は幸田文について次のように書いている。

〔……〕幸田文という人はして来た苦労が、ひとりでにどこかへ抜け落ちてしまわないで、身について、それが光ったものになって来た人のようである。「苦労」とか、「苦労人」とかの、私のあまり好きでないものが、そういうものをつきぬいて別なものになり、それが一種の美になっているのである。

確かに幸田文の人生やその文学を読むと、「苦労」や「苦労人」といったような単語が真っ先に頭に浮かぶ。堅物の露伴先生（大変失礼……）の教育が功を奏したと言わねばならない。良妻賢母の鑑で美人、彼女の描く人物も控えめな魅力があって、文壇のおじさまも大満足。

そんな完璧すぎる幸田文先生には男性評論家もメロメロだが、逆に女性にあまり好かれていない節がある。たとえば、いわゆるプロレタリア文学の代表作家の一人、フェミニズムの立役者でもあった平林たい子先生。

日本文学の小姑的存在こと、平林たい子は、自意識過剰が幸田文の文学の主な欠点だと指摘している。さらに男性優位社会に賛成し、台所という窮屈な世界に自分を閉じ込め、政治や働く女性の実態に対して無関心だと言い募り、強く批判。また、幸田文のことを「女性読者を誘わない婦人作家」だとまで言って、女らしい様子だけで人物を作り上げているからこそ、女性からすれば発見がぜんぜんなくてつまらないとご立腹のようだ。

「女はこうじゃなきゃいけない」というのはまさにアンチフェミニストの発言じゃないの？　と少しばかり反論したくなるものの、言いたいことはわからなくはない。ところで、一見従順に見えても、幸田文はかなり魅力的な、挑戦的な人物をさらりと作品に忍ばせるのがびっくりするほど上手いのだ。

たとえば、最初に少し触れた短編小説、『台所のおと』に登場する女たちを見てみよう。病気で寝込んでいる旦那、佐吉のことを看病しながら、店で働くあき。寝室と台所が障子一枚で隔たれていて、佐吉が耳をそば立てる。小説の中心を成しているのは、あきと佐吉のそれぞれの心理描写だが、佐吉の方は主に元妻二人との関係を語る。

小言おじさん佐吉は、音が非常に気になる質であり、とにかく彼の記憶はすべて音に関連づけられている。最初の妻がのろくて、台所にいると変な音を立てるとか、ずっと何かを食べているとか、そのだらしない姿が音を通して表現されている。

そして二番目の妻、まん。これはなかなか強烈な女性で、小説のなかで際立つ存在だ。


まんには日常煮炊きの音はない。だが特別な二つの音を佐吉の耳に残した。一つは、いたずら音、といえばいいだろうか。その辺りにあるものを、ちょっと指ではじく癖があった。無意識にしているようなときも、承知でしているときもあった。惚れていた最初のころ、佐吉はそれをひどく色っぽく感じたが、興ざめしてからは癇にさわった。割に大きな手で、指は付根から先まで同じ太さに伸々としていて、厚い爪が食込んでついていた。華奢でない、しっかりした指だった。その指でいたずらに台所のものをはじく。

佐吉の言葉なので、どちらかというとネガティブに書かれているけれど、派手な美人が台所で歩き回って、フライパンや鍋の蓋をピンとはじく姿を想像すると、やはりその大胆さと色っぽさから目が離せない。

二つ目の音は喧嘩のときに発せられた。


まんがひょっと鰺切の柄をつかんで、無心のように左の親指の腹で、きれ味をためした。くるりとからだごとまわすと、引戸の上、窓下の壁へ斜にたてかけて乾してある、お櫃《ひつ》へ発止ととばした。とっ、と刃物はおひつの底へ立って、立ったままでいた。


怖いっ！　やはり台所は戦場だ……。

そこではっと気づかされる。佐吉の記憶になっているにもかかわらず、彼自身よりも、女たちの姿の方がはるかに目立つということに。

佐吉は語り手の役割を担っているが、ナレーション自体の力点はそれぞれの女性の振る舞いや彼女らが立てる印象的な音にある。彼は自分の人生に現れた妻たちの思い出を語りながら、ストーリーの脇役となって、彼女らの姿こそをくっきりと蘇らせているのだ。

一番目の妻と二番目の妻は、最も長く連れそうことになるあきとは対照的な性格を持っている。あきはよく働き、病気に苦しむ夫を支えている。しかし、『台所のおと』に登場する三人の女性は誰もが個性的だ。彼女たちが演じている役はどれも新鮮で、決して従順なだけでは片付けられないところがある。

最後に佐吉は雨の音と揚げ物を作る音とを勘違いし、あきに向かって遺言のような言葉を残す。

ああ、いい雨だ、さわやかな音だね。油もいい音させてた。あれは、あき、おまえの音だ。女はそれぞれ音をもってるけど、いいか、角《かど》だつな。さわやかでおとなしいのがおまえの音だ。その音であきの台所は、先ず出来たというもんだ。

『台所のおと』は佐吉の言葉をもって静かに終わりを迎える。音を聞き間違えることで彼の命の終焉を暗示している結末は、本当にさすがである。

過去、転々として自分の居場所を探し続けたあきは、今回こそひとりぼっちで残されることはない。彼女は自分が立って働ける場所である「台所」を手に入れたからだ。

女はそれぞれ音を持っている——まんのように騒がしく気が強い（平林たい子先生タイプ？）人もいて、あきのようにもの静かで爽やか（幸田文先生タイプ？）な人、そして一回目の妻のようにのろくて何もできない人もいる（これは私かしら⁉）。

女たちの人生は一瞬だけ「台所」という特別な場所で交差するけれど、幸田文自身にとってそこはまさにいつでも帰りたいと思えるところだったようだ。本に溢れた父の書斎と真逆の空間、幸田文が自分で選んで開拓した「台所」。それは古めかしい良妻賢母の理想を引き継ぐ窮屈な場所のように見えて、ときには自由への勝手口にもなりうるのだ。

おわりに

小説を読んで、感じたことを書く。それは私にとって一番楽しいことだ。しかし、そんな私でも「まったく役に立たない文学の勉強なんかやめちまえ！」と思った時期がある。

イタリアでは、大学卒業時の平均年齢は26歳だと言われている。その基準だと、留学経験を経て日本の大学院に通っていた27歳の私は、程よいスピード感だったかもしれないが、同い年の日本人の友達はみんな社会人ばかり。課長部長やら出張やら、会社勤めをしているからこその言葉がちらほら出てくる彼らの会話を聴きながら、「自分はこのままでいいのかな」と、かなりの焦りを感じていた。

そんなわけで、仕事のオファーが舞い込んできたときには二つ返事でありがたく受けて、その足で指導教官の研究室へ駆けつけた。先生は大いに喜んでくれたものの、「就職しても一年に一回くらいは何か書けるでしょう？」と妙なプレッシャーをかけてきた。

卒業してから誰も読まない大学紀要に何度か寄稿して、そのままフェードアウトしようと思っていたところに、先生が亡くなられたことを知った。あまりに突然で、しばらく気持ちの整理がつかなかったが、彼女のその言葉が頭にこびりついてどうしても離れない。真面目な論文は到底無理でも、「毎年一回は自分の好きなことについて何かを書こう」と、そのとき心に決めたのだ。あいかわらず妄想たっぷりの、今回の拙作もその思いから生まれている。

取り上げた十人は、大好きな女性作家ばかりだ。結果的に、強烈な顔ぶれ、偏りまくりのラインナップになってしまったけれど、みんなに共通する点が一つある。それは激動の時代を生き抜いて、自立し、ときに挫折し、ともかく一生懸命に生きた女たちであること。ある人は夢見る乙女のような、ある人は辛酸をなめた青春時代を過ごし、そんな彼女たちは、行動力もすごいし、自由で奔放。小心者の私が何度も彼女たちの言葉に勇気づけられたのと同じように、その生き様が読者のみなさまにとって一歩を踏み出すためのヒントになれれば嬉しい。

淡交社のみなさまをはじめ、多くの方のお力添えがあったからこそこの本を書くことができた。遅筆で稚拙な私を応援してくださった方に、そして今この本を手にとってくださったあなたに、この場を借りてお礼を申し上げたい。

イザベラ・ディオニシオ

【引用・主要参考文献】

与謝野晶子

『与謝野晶子　新潮日本文学アルバム〈24〉』新潮社、1985年
与謝野晶子『激動の中を行く』新泉社、1970年
与謝野晶子著、入江春行編『晶子文学選（新注近代文学シリーズ 3）』和泉書院、1989年
与謝野晶子『愛、理性及び勇気』講談社文芸文庫、1992年
上田博、富村俊造編『与謝野晶子を学ぶ人のために』世界思想社、1995年
入江春行『与謝野晶子―コレクション日本歌人選』笠間書院、2011年
福田清人編、浜名弘子著『与謝野晶子・人と作品』清水書院、2017年
俵万智『俵万智訳　みだれ髪』河出書房新社、2018年
与謝野晶子『私の生い立ち』岩波文庫、2018年
紅野謙介／金 貴粉【解説】『シリーズ紙礫 文豪たちのスペイン風邪―Literary & Pandemic』皓星社、2021年

宇野千代

宇野千代『色ざんげ』新潮文庫、1949年
宇野千代『おはん・風の音』中公文庫、1975年
宇野千代『生きて行く私』角川文庫、1996年
宇野千代『宇野千代きもの手帖―お洒落しゃれても』二見書房、2004年
森まゆみ『断髪のモダンガール―42人の大正快女伝』文藝春秋、2008年
河出書房新社編集部編『宇野千代 生誕120年記念総特集 華麗なる作家の人生』KAWADE夢ムック　河出書房新社、2017年

瀬戸内寂聴

瀬戸内晴美「『妻の座なき妻』との訣別」『婦人公論』、1962年3月
瀬戸内寂聴『夏の終り』新潮文庫、1966年
瀬戸内晴美『いずこより』新潮文庫、1974年
瀬戸内寂聴『花芯』、講談社文庫、2005年
神田由美子「瀬戸内晴美『夏の終り』」『国文学――解釈と鑑賞』2008年4月
『瀬戸内寂聴 文学まんだら、晴美から寂聴まで』KAWADE夢ムック　河出書房新社、2012年
渡邊英理「批判としての小説――瀬戸内寂聴『夏の終り』」『ユリイカ臨時増刊号』青土社、2022年3月
井原あや「消費されることと捉え返すこと――瀬戸内晴美はどう語られてきたか」『ユリイカ臨時増刊号』青土社、2022年3月

樋口一葉

玉上琢弥訳注『源氏物語 付現代語訳』（第1巻）角川文庫、1964年
『樋口一葉　新潮日本文学アルバム〈3〉』新潮社、1985年
前田愛『樋口一葉の世界』平凡社、1993年
樋口一葉『にごりえ・たけくらべ』新潮文庫、2003年
関礼子『樋口一葉』岩波ジュニア新書、2004年
角川書店編『一葉の「たけくらべ」――ビギナーズ・クラシックス近代文学編』角川ソフィア文庫、2005年
樋口一葉著、関礼子編『樋口一葉日記・書簡集』ちくま文庫、2005年
菅聡子『女が国家を裏切るとき――女学生、一葉、吉屋信子』岩波書店、2011年
瀬戸内寂聴『炎凍る　樋口一葉の恋』岩波現代文庫、2013年

円地文子

円地文子『女坂』新潮文庫、1961年
円地文子『灯を恋う――随筆集』講談社、1968年
円地文子『なまみこ物語』新潮文庫、1972年
円地文子『源氏物語私見』、新潮文庫、1985年
冨家素子『母・円地文子』新潮社、1989年
吉屋照子『円地文子―妖の文学』沖積舎、1996年
玉井朋「円地文子『女坂』にみる夫婦」『藝文攷』（通号8）2003年
多田麻里江「円地文子『女坂』論――現代に繋がる『女坂』へ」『日本文学誌要』（84）2011年7月

三島由紀夫『古典文学読本』中公文庫、２０１６年

向田邦子

向田邦子『父の詫び状』文春文庫、１９８１年
向田邦子『思い出トランプ』新潮文庫、１９８３年
向田邦子『夜中の薔薇』講談社文庫、１９８４年
向田邦子『男どき女どき』新潮文庫、１９８５年
文藝春秋編『向田邦子ふたたび』文春文庫、１９８６年
井上謙、神谷忠孝編『向田邦子鑑賞事典』翰林書房、２０００年
高島俊男『メルヘン誕生―向田邦子をさがして』いそっぷ社、２０００年
向田和子『向田邦子の遺言』文春文庫、２００３年
向田邦子『眠る盃』講談社文庫、２０１６年
沢木耕太郎『作家との遭遇』新潮文庫、２０２２年

有吉佐和子

有吉佐和子『紀ノ川』新潮文庫、１９６４年
有吉佐和子『華岡青洲の妻』新潮文庫、１９７０年
有吉佐和子『複合汚染』新潮文庫、１９７９年
有吉佐和子『悪女について』新潮文庫、１９８３年
有吉佐和子『開幕ベルは華やかに』新潮文庫、１９８４年
『有吉佐和子　新潮日本文学アルバム〈71〉』新潮社、１９９５年
井上謙、半田美永、宮内淳子編『有吉佐和子の世界』翰林書房、２００４年
関川夏央『女流　林芙美子と有吉佐和子』集英社文庫、２００９年
有吉佐和子『非色』河出文庫、２０２０年

林芙美子

林芙美子『浮雲』新潮文庫、１９５３年
林芙美子『新版　放浪記』新潮文庫、１９７９年
石田忠彦「林芙美子の出発――『放浪記』を中心に」『国語国文薩摩路（通号37）』１９９３年３月
林芙美子『林芙美子紀行集 下駄で歩いた巴里』岩波文庫、２００３年
関川夏央『女流　林芙美子と有吉佐和子』集英社文庫、２００９年
呉暁燕「林芙美子――自立した女性の姿の研究」『哲学と教育』（58）、２０１０年
角田光代、橋本由起子『林芙美子　女のひとり旅（とんぼの本）』新潮社、２０１０年
尾形明子「孤独――作家 林芙美子（新連載・１）林芙美子の死」『環：歴史・環境・文明』45　２０１１年
尾形明子「孤独――作家 林芙美子（２）芙美子、歩き始める」『環：歴史・環境・文明』46　２０１１年
尾形 明子「孤独――作家 林芙美子（３）蒼馬を見たり」『環：歴史・環境・文明』47　２０１１年
尾形 明子「孤独――作家 林芙美子（４）下駄で歩いた巴里（パリ）」『環：歴史・環境・文明』48　２０１２年
尾形明子「孤独――作家 林芙美子（５）ペン部隊漢口一番乗り」『環：歴史・環境・文明』49　２０１２年
尾形明子「孤独――作家 林芙美子（６・最終回）蝋燭はまだ燃えてゐる」『環：歴史・環境・文明』50　２０１２年
福田清人編　遠藤充彦著『林芙美子（センチュリーブックス 人と作品15）』清水書院、２０１８年

森茉莉

森茉莉『恋人たちの森』新潮文庫、１９７５年
三島由紀夫著、佐伯彰一編集「あなたの楽園、あなたの銀の匙―森茉莉様」『三島由紀夫全集32（評論８）』新潮社、１９７５年
田中美代子「モイラの犯罪――森茉莉論」『海』中央公論社編８（７）１９７６年７月
本田和子『少女浮遊』青土社、１９８６年
森茉莉『父の帽子』講談社文芸文庫―現代日本のエッセイ、１９９１年
森茉莉『贅沢貧乏』講談社文芸文庫―現代日本のエッセイ、１９９２年
森茉莉『記憶の絵』ちくま文庫、１９９２年
森茉莉『甘い蜜の部屋』ちくま文庫、１９９６年
森茉莉著、早川暢子編『貧乏サヴァラン』ちくま文庫、１９９８年
矢川澄子『「父の娘」たち――森茉莉とアナイス・ニン』新潮社、１９９７年

群ようこ『贅沢貧乏のマリア』角川文庫、1998年
森茉莉著、早川暢子編『マリアのうぬぼれ鏡』ちくま文庫、2000年
田中美代子『小説の悪魔——鷗外と茉莉』試論社、2005年
森茉莉著、早川茉莉編『父と私　恋愛のようなもの』ちくま文庫、2018年

幸田文

幸田文『父・こんなこと』新潮文庫、1955年
幸田文『流れる』新潮文庫、1957年
平林たい子「幸田文論——実感的作家論—5—」『群像』14(5)1959年5月
幸田文『台所のおと』講談社文庫、1995年
『幸田文　新潮日本文学アルバム〈68〉』新潮社、1995年
金井景子『真夜中の彼女たち——書く女の近代』筑摩書房、1995年
金井景子、小林裕子、佐藤健一『幸田文の世界』翰林書房、1998年
吉本ばなな『キッチン』角川文庫、1998年
本田和子「エッセイを綴る女たち——「書くこと」と公認された私的空間(特集 エッセイの快楽——〈わたし〉の場所)」『現代詩手帖』思潮社編43(5)2000年5月
幸田文『ちくま日本文学005 幸田文』ちくま文庫、2007年
村松友視『幸田文のマッチ箱』河出文庫、2009年
青木玉『上り坂下り坂』講談社文庫、2005年

イザベラ・ディオニシオ
Isabella Dionisio

1980年、イタリア生まれ。ヴェネツィア大学で日本語を学び、2005年に来日。お茶の水女子大学大学院修士課程（比較社会文化学日本語日本文学コース）修了後、現在まで日本で翻訳者および翻訳プロジェクトマネージャーとして活躍。2021年4月よりNHKラジオ「イザベラの古典さんぽ」にレギュラーゲストとして出演、著書に『平安女子は、みんな必死で恋してた』（淡交社）、『女を書けない文豪《オトコ》たち』（KADOKAWA）がある。

悩んでもがいて、作家になった彼女たち
イタリア人が語る日本の近現代文学

2023年9月13日　初版発行

著　者　イザベラ・ディオニシオ
発行者　伊住公一朗
発行所　株式会社 淡交社
本社　〒603-8588 京都市北区堀川通鞍馬口上ル
営業　075（432）5156　　編集　075（432）5161
支社　〒162-0061 東京都新宿区市谷柳町39-1
営業　03（5269）7941　　編集　03（5269）1691
www.tankosha.co.jp
印刷・製本　　中央精版印刷株式会社

ISBN 978-4-473-04565-2